Bernardo Joffily

Barata

Confissões

KOTTER
EDITORIAL

Coordenação Editorial: Sálvio Nienkötter
Editor-Executivo: Daniel Osiecki
Editor-adjunto: Claudecir de Oliveira Rocha
Capa: Jussara Salazar
Design editorial: Carlos Garcia Fernandes
Produção: Cristiane Nienkötter
Revisão e preparação de originais: O Autor

Dados Internacionais de Catalogação na Publicação (CIP)
Angelica Ilacqua CRB-8/7057

Joffily, Bernardo
Barata : confissões / Bernardo Joffily. -- Curitiba: Kotter Editorial, 2023.
152 p.

ISBN 978-65-5361-180-1

1. Ficção brasileira I. Título

CDD B869.3

23-0713

KOTTER EDITORIAL

Kotter Editorial Ltda.
Rua das Cerejeiras, 194
CEP: 82700-510 - Curitiba - PR
Tel. + 55(41) 3585-5161
www.kotter.com.br | contato@kotter.com.br

Feito o depósito legal
1ª Edição
2023

Bernardo Joffily

Barata

Confissões

Sumário

Prólogo em sangue

O ar da noite inflava as ventas do grande garanhão baio. Seco, esperto, cheirava a sangue, pólvora, fumaça, entranhas expostas e estrume fresco. Só por derradeiro portava o sal da maresia e o familiar marulho miúdo das ondas na praia.

O cavalo estacou num canto do curral, quase imóvel, arfando, assuntando o perigo. O olhar mediu a cerca de pau. Lograria saltá-la? Difícil.

Era um animal jovem, ainda teria o que crescer. E qualquer vivente, se vivente ali houvesse, reconheceria nele a forte estampa do corcel-pai do lote, afeito à cavalagem de muitas éguas e à vida na soberbia. Sentiria também a catinga azeda do medo. As narinas muito abertas fremiam como rodamoinhos gêmeos. As orelhas espetadas a pino captavam agonias. O fino engenho dos músculos, nervos e ossos vibrava um pulsar imperceptível de mola retesada. O pelame de seda dourado e o úmido pretume dos olhos refletiam ardido incêndio.

As mensagens da noite falavam de horrores, chamavam à fuga.

O baio encostou a anca na cerca, testando mais uma vez sua solidez. Os moirões roliços e as laterais grosseiramente chanfradas responderam que nem tentasse. Aquilo era baraúna-preta e cerne de pau-d'arco, rijo, compacto: um curral para durar a eternidade. Se houvesse espaço para ganhar impulso, bastaria um só salto libertador, mas não no aperto daquelas poucas braças.

O baio rinchou de leve. Recomeçou a trotar ao longo do perímetro retangular, todo nervos, medindo sua prisão. Estacou outra vez, escarvou o chão, caçou uma notícia boa. O ar insistia em só falar de sangue e fogo.

É fato sabido e assente o quanto cavalos têm almas grandes e pródigas, audazes, estouvadas. O baio graúdo reuniu a sua inteira em mais uma pausa de fremências. Depois explodiu: arcou os quartos, empurrou o chão com os cascos, deu três passadas de galope e jogou a vida contra a cerca. Uma das mãos calçadas de branco ainda roçou o madeirame.

As almas grandes nem sempre perdem.

Para as bandas do mar, a primeira nesga do dia encontrava seu caminho. No rumo oposto — da lagoa do Genipabu e do sertão invisível por trás —, perdeu-se o eco dos cascos.

Capítulo 1

Onde Barata rejeita tratar de outras mortes que não a sua e manda escrever seu próprio epitáfio

— Danem-se. Não irei. Não irei atrás de crimes, chacinas, sangueiras. Só uma morte me importa agora — a minha. Escreve aí, menino: "Envelheço"...

A voz do velho chegava rascando aos visitantes de pé no alpendre assombrado. Estes seriam meia dúzia, gentes de qualidades e posses, já se via. O mais cavaleiroso, dono de um fino bigode lápis alourado, tamborilava sua impaciência com o rebenque no luzidio couro da bota de couro de veado. Os outros esperavam imóveis, mas naquela espera espaçosa e folgada de quem nasceu para ser servido e sendo servido há de morrer.

Fora, na Rua Grande, os cavalos de sela e os escravos de rede esperavam debaixo de um araticunzeiro copado que oferecia seus frutos. O sol a pino esturricava a areia em derredor.

Dentro da casa de duas águas, um jirau de duvidosa solidez, vergado sob imponente montoeira de livros e papéis, dominava a *sala de fora* despojada e devassada. A voz do velho vinha da rede de algodão muito alvo, com fartas varandas rendadas, enganchada no canto oposto, mais penumbroso e fresco. Por trás da sala, adivinhava-se a quentura da cozinha. Mais atrás ainda, o quintal estreito, o barranco a prumo com seus matos, o manguezal e, por derradeiro o Rio Grande do Norte que também chamam Potengi.

Ao pé da rede acocorava-se o menino, encostado à taipa da parede, com o caderno, o tinteiro portátil de chifre e o quicé de aparar penas de pato equilibrados num tamborete de pau. No chão ficava o areeiro, com a fina areia de secar tinta.

O velho ditava, o menino escrevia:

Envelheço. Envelheci. O corpo e a razão que tudo aguentaram nas mais fundas masmorras deste reino agora se desmancham aos poucos. Eu deito na rede, fecho os olhos e quase sinto, quase escuto a pele se encarquilhando, os miolos derretendo, a contínua corrupção dos órgãos. Ora é essa carrapatona voraz do diabetes, ora são as tremuras do reumatismo que não cedem sequer neste clima tórrido como os desertos d'África.

Ninguém pense que a velhice se lhe achegará de frente, lisa e lhana, para um combate limpo. Não, ela arma por onde passas o mundéu de uma tocaia. Vigia-te sem pressa. Um belo dia, pimba! Vibra-te uma patada de jaguaretê com a mais certeira pontaria e deixa-te prostrado na areia. Aí torna ao mundéu e à espreita da hora em que lhe aprouver unhar outra vez o teu orgulho.

Uma mulher idosa e miúda chegou-se à varanda enquanto escondia às pressas o pito de barro ainda aceso no bolso grande do avental. Adivinhava-se que um dia fora linda, de certa forma grisalha e encurvada ainda era. Entrelaçava as mãos e estampava no rostinho de passa de fruta o desconcerto de enfrentar plateia tão numerosa e graúda.

— Vossas mercês me desculpem... Desculpem a ele... O doutor Cipriano não está podendo atender vossas mercês agora... É a idade, são os muitos achaques das doenças... Vossas mercês entendam, desculpem... Mas se quiserem esperar... Se estiverem servidos de um pouco d'água, um refresco, um café... Deus seja louvado!...

A vozinha de encabulada ia minguando e morrendo, junto com o que lhe restava de coragem. Os visitantes se entreolharam, em silenciosa e sumária consulta, que deliberou pela retirada antes que a desfeita virasse afronta. O do rebenque, rompendo a marcha, soltou sem se voltar um "depois veremos" por entre as investidas de açoite.

— ...

Num instante a comitiva se alteou nas montarias e pegou a estrada, levantando areia pela Rua Grande, espantando algum miúdo bichinho que quentava ao sol da sesta. Os escravos da Guiné trotavam atrás, levando a rede vazia.

• • •

— Escreve:

Envelheci. Levo nas costas setenta e cinco contados anos. A exata metade deles vivi no século que uns chamam das luzes, a outra no lusco-fusco deste de agora. Doze anos bem pesados padeci nos calabouços da colônia, do império e das regências. Toda esta longa data de vida levei a clamar contra violências, massacres, abusos, despotismos. Quem poderá negar aos oprimidos que bradem contra os opressores? "Alerta! Alerta!" — gritei e escrevi, sem descanso, assim mesmo, com grossos e às vezes dobrados pontos de exclamação: "Brasileiros, alerta! Não continueis neste criminoso indiferentismo! Vós conheceis os perversos, os ambiciosos e os intrigantes! Sacudi o seu jugo! Quebrai os vossos grilhões! Esta nossa Pátria merece outra sina! Pode e deve e haverá de ser livre e respeitada entre as nações do Novo e do Velho Mundo!"

Hoje me indago se não desperdicei interjeições. Como a luz na masmorra faz visível o seu horror, assim a sabedoria dos cabelos brancos vai mostrando ao homem seus defeitos. Quem se alertou? Meia-dúzia de patriotas perdidos na imensidão desta terra. Tudo anda de pernas para o ar, a lei está no papel e não se executa, a virtude é perseguida e o vício é premiado, os defensores atacam, os pacificadores guerreiam, os moderados brandem punhais. Medra o despotismo, fenece a liberdade. E eu? Eu arrasto a carcaça nesta Cidade do Natal, quase um cadáver. Só falta mandar lavrar no Recife o mármore da lápide fúnebre, que por aqui não há, e pendurá-lo ao pescoço — como o badalo de uma mula madrinha ou a gargalheira de ferro castigando um escravo fujão:

Aqui jaz Cipriano José Barata de Almeida, médico, cirurgião, bacharel em Filosofia e Direito pela Universidade de Coimbra, por alcunha Baratinha, o cidadão, patriota, jornalista, redator do *Sentinela da Liberdade*, liberal verdadeiro, liberalíssimo, prisioneiro das fortalezas de São Pedro e do Brum, da Laje e de Santa Cruz, da Ilha das Cobras, da fragata *Niterói* e desta Cidade do Natal, mártir da liberdade que mora nos liberais peitos, o jacobino, o haitiano, o francês, revolucionário, incendiário, agitador, exaltado, carbonário, *sans-culotte*, farroupilha, fautor da república dos negros, plantador da anarquia, assoprador da discórdia, o pedreiro livre, destruidor da religião, inimigo da propriedade, demônio do Brasil, homem sem fortuna chamando os povos a uma anarquia, nascido na freguesia baiana de São Pedro Velho a 26 de setembro de 1762, morto em algum dia incerto deste século e por puro desleixo esquecido de enterrar.

Não. Isto me saiu mais manifesto que epitáfio, nem em três lápides caberia. O escritor, qualquer que seja o fim dos seus escritos, deve ser honesto e conciso. Melhor será:

Cristiano Barata, 1762-1838.
Descanse em paz, se puder

O menino ao pé da rede ia deitando no papel aquele longo ditado. Ao fim de cada página, espargia um pouco de areia sobre a tinta, para não borrar, e soprava, enquanto o velho, à espera, fazia um meio gesto de mudo assentimento. Então virava a página, molhava a pena e dava uma tossidinha, como a dizer que estava às ordens.

Teria quatorze anos, mas não os mostrava. O corpo magro e pernudo tinha as costelas empinadas de certos passarinhos e dos raquíticos. A pele, a obscura indefinição do curiboca, neto de uma dessas mestiçagens brasileiras de quatro costados desigualmente mestiços. Os olhos eram puxados para o verde. O cabelo, sarará-arruivado, insubmisso, crespo, duro, *espeta-caju* como se dizia naquelas costas — onde os caboclos brabos potiguaras de outros tempos disputavam cajuais a golpes de tacape de jucá, em guerras remotas, por todos há muito perdidas.

Calado e vergado, ele escrevia. Mas não tirava da ideia a matança do Genipabu.

Capítulo 2

Onde a menina e sua trouxa varam a natureza no rumo do sertão brabo, sem se saberem seguidas

Em um canto ermo da lagoa do Genipabu, poucas léguas ao norte da Cidade do Natal, o homem que chamavam Johan Christian Tollerane-Voight escondeu o corpanzil branco e louro por trás de uma carrapateira. Não queria que a menina o visse. As pessoas têm tantos medos...

A menina Ana Rita seguia avante sem desgrudar de sua trouxa. Os sapatinhos de marroquim não durariam muito naquele areão áspero, batido pelo sol, pontilhado de pés de mangiroba e mata-pasto. Se estrepariam antes mesmo de chegar aos lajedos e espinhos da caatinga. O vestido de chita tampouco resistiria. Mas vontade de prosseguir haveria, a julgar pelos arrancos que ela dava a cada passo para desatolar os pés do areal.

O homem que chamavam Johan Christian Tollerane-Voight quedou-se ali, agachado na areia, imenso e imóvel.

O homem que chamavam Johan Christian Tollerane-Voight exercia há alguns anos o ofício de esmoler no cruzeiro da Matriz. A Cidade do Natal cultivava sua fé em quatro contadas igrejas, incluindo-se a da Ribeira, apenas modesta capela. Contudo, cada uma delas reunia seu rebanho de fiéis, e a sua correspondente matilha de mendigos. Haviaos loucos, entrevados, mutilados, idiotas, cegos cantadores, pedintes de toda laia, exceto os morféticos, que a autoridade policial ciosa da saúde pública logo enxotava para além-urbe. A preta cativa Josefa das Dores, estropiada desde nova e sem serventia para outro trabalho, esmolava para sua dona, dona Antônia Epifania, viúva com muitos filhos e sem outra fonte de sustento. Porém é certo que nenhum pedinte jamais ombreou o homem que chamavam Johan Christian Tollerane-Voight na laboriosa sofisticação de seu profissionalismo mendicante.

Todo dia de missa lá estava ele, grandalhão, duas cabeças mais alto que a chusma dos seus iguais, e louro, alemoado, como nunca se vira um mendigo na Cidade do Natal. Ostentava no lombo uma chaga também ímpar, em tamanho, feiura e fedor, a mais pustulenta bicheira que alguém já vira em um ser humano. Graças a ela recolhia não poucos cobres na mãozorra, pois que curiosidade e medo sempre atiçam a caridade humana. O que ganhava, aplicava em cachaça no primeiro alambique. Varava o rio com sua aguardente e se embrenhava em um socavão perdido nas dunas do Genipabu, onde ninguém o veria. Aí puxava uma pederneira e um caco de ferro, acendia uma fogueira de bom tamanho e bebia da aguardente. Ao fim de algumas horas dando de comer ao fogo e de beber ao vício, as carnes sedadas pelo álcool já não sentiam o calor. Então escolhia um tição grande, com boa empunhadura numa ponta e boas brasas bem acesas na outra. E com ele abria, lavrava, cultivava a ferida, que lhe permitiria voltar à porta da igreja, coletar mais cobres, comprar mais pinga e reproduzir seu ciclo. Disso vivia.

Jamais se soube os caminhos que o levaram a esse ofício, nem o itinerário dos seus duros ossos e sumarentas carnes, pois nunca natalense algum ouviu uma palavra que fosse da boca do homem que chamavam Johan Christian Tollerane-Voight. Mudo ele por certo não era: já houvera quem, de passagem pelas dunas, o escutasse urrar de dor ao amanhar sua chaga. Apenas não falava, nem seu nome. Johan Christian Tollerane-Voight era apenas um cognome de empréstimo, tomado da inscrição no verso de uma medalhinha de lata que ele trazia ao pescoço. O pedinte simplesmente aparecera um dia na cidade, nunca se soube de onde, nem por quê. Podia ser um marujo naufragado, demitido ou esquecido. Alguns o supunham descendente da equipagem do brigue batavo *Nyeuburg*, que se amotinara sete décadas atrás, degolara seus oficiais e terminara a ferros no Recife. Outros cogitavam que viesse do Catucá, a colônia fundada outrora em Pernambuco pelos restos de um regimento alemão a serviço de el-rei, mas em poucos anos derrotada, decaída e esquecida, deixando como vestígio apenas um tênue alourado nos curumins e nos quilombolas ao redor. Podia ser ainda um tetraneto dos holandeses que dois séculos atrás andaram por estas costas, da Bahia ao Maranhão. Ou descender dos franceses que, antes ainda, muito antes dos portugueses, se amigaram com a indiada litorânea deixando farta progenitura. De tempos em tempos alguma aldeia, quer da nação tupi ou mais raramente da tapuiada cariri, trazia à luz um caboclinho branquelo, do cabelo amarelo ou dos olhos azuis — lembrança de um avô distante, esquecido em finos galhos europeus de uma genealogia jamais escrita. Quem sabe?

O gigante ferido deu mais uns passos, até uma moita adiante, sempre cuidando de não se mostrar. A pele de um branco-sanguíneo-sardento, que o sol nunca chegara a curtir, e a feia chaga, cobriam a compacta massa das costas, o grosso cordame dos músculos, o imponente cachaço de boi de carro. Os olhos pequeninos, de um azul muito claro, desbotado, se moveram numa busca aflita para se aquietarem a seguir. Lá estava ela, lá ia a menina varando a natureza com sua trouxa, sem parar, sem desistir, tão pequena, tão frágil, tão só. Para onde?

Capítulo 3

Onde Barata perde suas patrióticas certezas tão duramente cultivadas e, mal maior, seus óculos

Das Confissões de Barata:

Envelheci. Já nem aprecio a redolente cozinha baiana de minha velha Joaquina. Já nem reparo nas indiazinhas potiguaras que se banham oferecidas no tanque do Rio do Baldo. Já nem me assombro com a inteligência e a estupidez humanas. Já nem sofro por amor ao Brasil. Já nem escrevo. Ai! Nem escrevo!

Essa derradeira desgraça ocorreu-me no último dia no Recife — uma manhã recifense, doce e mole como cana de Caiena, feita de sol e uma ponta de brisa. Subi à sumaca que me traria para o exílio no Rio Grande. Fitei as fachadas dos sobrados debruçados sobre a água, as pontes, as velas. Acenei para o Cais do Trapiche, onde os amigos mais leais e os patriotas mais desassombrados se apresentavam para a despedida. Também se via uns homens da Chefatura de Polícia, decerto enviados para se certificarem de que a província de Pernambuco ficaria mesmo livre de mim e da minha pena. Enquanto os negros da estiva embarcavam as canastras com meus livros, baixei os olhos, cismando. Entre minhas mãos, que sentiam o calor morno da amurada, anos de ondas e ventos tinham livrado a madeira dos últimos restos de verniz, escavando veios finos, com minúsculas incrustações de areia e sal que faiscavam ao sol. Então, uma sombra apagou as faíscas. Voltei-me e vi o homenzinho: não seria mais alto que eu, mas o chapéu cor de rato com fita de seda preta acrescia-lhe um bom palmo à estatura. A casaca era de baetão azul, o colete branco, a camisa de botões de pedra muito bem abotoados do colarinho ao umbigo, a calça de fita ao comprido da perna, meias brancas de seda, sapatos de cordovão preto forrado, uma bengalinha pendendo do pulso. Trazia anel no dedo e um vistoso cordão de ouro à bandoleira, deixando adivinhar na ponta o cebolão do relógio de algibeira. De dentro daquele guarda-roupa fixava-me um nariz de gambá, separando o par de olhinhos que sorriam. A boca também rasgava um sorriso, hoje eu diria que cínico, entremostrando os dentes estragados e escuros como os de quem masca fumo. Enquanto eu o fitava, chegou bem perto, sempre risonho. Ergueu a mão sem bengala, em um gesto vago — recordo ainda que as unhas traziam meias-luas de sujeira. Aí, ligeiro como quem furta, passou-me a mão nos óculos. Ouvi que eles tombavam no tombadilho. Ouvi o barulhinho do vidro que se esfarelava debaixo do cordovão do sapato. E ouvi os passos que se afastavam, deixando-me ainda imóvel e mudo de estupor.

Ah, canalha! Alma vil! Monstro! Judas mercenário! Aquele par de óculos eu o tinha desde as lides de deputado nas Cortes de Lisboa. Sua armação de casco de tartaruga se amoldava ao meu nariz com uma carícia. Era um irmão de armas, um camarada, um confidente. Sobrevivera a todas as tropelias, os embates, os cárceres, é certo que com arranhões, esfoladuras, mas sempre fiel enquanto os olhos me traíam.

Sem eles o mundo se perdeu num nevoeiro ensolarado. Foi-se.

Por certo a ideia partiu de algum satélite dos intrigantes da Corte, empenhado em agravar minha pena. Não bastava que fosse exílio. Nem mesmo que fosse exílio neste fim-de-mundo da Cidade do Natal. Faltava uma derradeira maldade, pequena e baixa como furar-me os olhos. Ah, biltre infame!

• • •

Das Confissões de Barata*:*

Desde que desembarquei não leio, não escrevo, apenas procuro um par de óculos. Logo fiquei sabendo que por aqui é artigo raríssimo: em toda a província só se tem notícias de um único, cavalgando o douto nariz do reverendo padre Montenegro, ex-republicano da Revolução de 1817, pároco da Vila de Goianinha, que já é quase Paraíba.

Toda vez que se avista alguma rara nau quebrando a barra do Potengi, lá vou eu para o atracadouro do Canto da Ribeira, atrás de jangada ou canoa que possa me levar a bordo. E indago, solicito, imploro, clamo, esmolo por óculos, sempre em vão. Também já ditei cartas que enderecei para o Recife, a Bahia, até a Corte, encomendando um desses inestimáveis utensílios. Porém parece que o Correio por aqui é coisa incerta, quem sabe finou-se o meu crédito naquelas praças, ou mesmo a lembrança de que existo. O certo é que já lá vão mais de dois anos e nunca chegaram respostas, nem óculos.

Peno assim por sonhar. Sonhei com a liberdade, igualdade e fraternidade de todos na República Bahiense de 1798, escrevi, disto me orgulho, o primeiro panfleto político da história do Brasil, pregando a revolução nos muros de São Salvador. Paguei com o cárcere e até saí no lucro, pois quatro companheiros de conjura foram parar na forca e um quinto, Luís da França Pires, mais ladino, só escapou desta porque fugiu. Onde andará?

Voltei a sonhar quando os pernambucanos se ergueram em 17. Perdi de novo. Vi o martírio do padre Roma, fuzilado diante do próprio filho, José Inácio, um rapazote. Vi o cadáver do padre Pedro de Sousa sem a cabeça e sem as mãos, decepadas e expostas na praça.

Elegi-me deputado às Cortes Constituintes de Lisboa em 1821, com mais votos que os três irmãos Andradas juntos, porém tive de sair daquele Reino como um negro fujão, para não firmar uma Carta que escravizava o Brasil. Em 1823 elegi-me outra vez, para escrever com meus pares outra Carta, afinal Brasileira; veio Pedro I, príncipe ignorante, presunçoso, orgulhoso e sem caráter, fechou a Constituinte e rasgou a Constituição. Corja de bandalhos interesseiros! Almas venais, indignas, invejosas, fingidas, Judas descarados a vender a Pátria por trinta vinténs!

Criei aí meu Sentinela — Sentinela da Liberdade na Guarita de Pernambuco: Alerta! *Se calavam minha voz, deixaria a palavra escrita, que o tempo não leva nem o vento corrompe. Se o cativeiro colonial seguia vigorando, empregaria essa arma moderna — o jornal — para erguer em pé de guerra as consciências brasileiras. Calaram aquele* Sentinela, *primeiro jornal republicano da minha Pátria. Então, fiz outros, vários no cárcere:* Sentinela da Liberdade na Guarita de Pernambuco, atacada e presa na Fortaleza do Brum por ordem da força armada; Sentinela da Liberdade, hoje na Guarita do Quartel General de Pirajá, na Bahia de Todos os Santos; Nova Sentinela da Liberdade, na guarita do Forte de São Pedro; Sentinela da Liberdade hoje presa na guarita da Ilha das Cobras, no Rio de Janeiro; Sentinela da Liberdade hoje presa na guarita de Villegagnon; Sentinela da Liberdade hoje presa na guarita da fragata *Niterói;* Sentinela da Liberdade, mudada despoticamente para o Rio de Janeiro e de lá para o forte do Mar da Bahia, donde generosamente brada: Alerta!!!. *Fui fazendo.*

Tive quatro filhas e dois filhos, mas perdi-os de vista no torvelinho de tanta luta. Dos netos pouco tenho notícia. Mas escrevi. Escrevi sem trégua, com a pena, com o chumbo, com o fogo: Alerta! *Escrevi das masmorras, dos calabouços, das ilhas batidas pelo mar. Meu* Sentinela, *sempre que podia, exibia sobre o nome um soldadinho empertigado, pronto para o bom combate. Eu forcejava por escrever como aquele soldado atirava.*

Copia aí, menino, o que escrevi:

> *Monstros, não levareis avante vossos ensaios já mal-sucedidos; o* Sentinela *jamais cessará de bradar: alerta!... alerta!... Ele arrostará como firme soldado da Pátria todos os perigos; findará seus dias na defesa de sua Pátria. Um só desgosto o acompanhará ao túmulo, e lançará o último suspiro exclamando como Pitt: "Cara Pátria! Em que abismo de males eu te vejo sepultada, mas ao menos não serei testemunha das novas desgraças que te esperam..."*

Escrevi em prosa, em versos e em gestos, mesmo quando o abismo de males parecia não ter fundo. Certa feita, depois de esmagada a Confederação do Equador, estando eu preso na ilha de Santa Cruz, o imperador, Pedro I, quis visitar-me. Vê só! O imperador em pessoa, na masmorra da Jurujuba, equilibrando-se pelas rampas de pedras cobertas de limo, roçando a cabeça no teto baixo e abobadado dos corredores! Veio-me à cela. Chamou o meu nome. Voltei-lhe as costas. Não respondi. Um patriota mesmo agrilhoado não dá quartel ao déspota nem se curva ao despotismo. Versejei:

> *De soberbos rochedos rodeado,*
> *Onde bramem mil ondas furiosas*
> *Dos males, nunca gemo soçobrado*
> *Nem me assustam as parcas pressurosas*
> *Inda mesmo de pulsos arrochados;*
> *Desafio desgraças sanguinosas*
> *Mordo os ferros, altivo ranjo os dentes,*
> *Desafio o tirano mais potente*

Não foram só penas. Tive também minhas revanches. Em 1831, o histórico abril de 1831, os brasileiros, aos gritos de "fora marotos", pusemos o autocrata liberticida para correr, escondido numa nave inglesa, a Warspite. *Eu estava em Salvador. E, quem diria, estava livre. As pessoas foram festejar na rua em frente à nossa casa. Acenavam lenços brancos, cantavam, davam vivas. Queriam que eu assumisse a presidência da província. Lavei a alma.*

Porém agora estou aqui, nesta ponta do planeta que chamam Cidade do Natal. Aqui, perdoai a franqueza, uma revolução como manda o figurino ainda tardará um bom século. É como uma cadeia a céu aberto. Mas fui forçado, constrangido, compelido a acatar um acordo infame e mudar para cá com minha Ana Joaquina. Era isso ou a masmorra de pedra, sem sol, sem Joaquina, sem vida.

Aqui no Natal pelo menos ainda ando, trabalho, vivo. Ainda posso morder os ferros e ranger os dentes e imprecar invectivas. Adianta? Tudo que fiz qual valia teve? O que ganharam os povos, a liberdade? O que ganhei? O que ganhou a Pátria?

A feia verdade é que, enquanto deixo-me estar nesta rede, apunhalam de todos os lados o coração da Pátria, que teimo em grafar assim, com uma solene, altiva maiúscula. Ainda outro dia apearam da Regência o pobre padre Feijó. Este, coitado, eu conheço bem, foi meu camarada, deputado como eu, nas Cortes de Lisboa, e parceiro também na aventurosa fuga marítima de Portugal para a Inglaterra. Lembro como se contristava ao ver as crianças inglesas, às vezes até descalças, empurrando vagões pelos túneis das minas de chumbo e estanho da Cornualha. E li seu desabrido livro, a Demonstração da necessidade da abolição do celibato clerical. *É uma boa alma, liberal de menos para meu gosto, porém demais para o dos poderosos desta triste terra. Então, tiraram Feijó. E puseram em seu lugar um oligarca de Olinda, senhor do engenho Trapiche, em cuja praia, dizem, desembarcam nutridas levas de africanos escravizados – pois o tráfico negreiro, proibido no papel, é alegremente praticado por não poucos, até pelo agora regente.*

Há quem resista ao império da patifaria. Sempre há. Os farrapos, a quem dei o nome, estão em armas no Rio Grande do Sul. Fizeram lá sua República, assim como a fizeram – será que a mantêm? – os patriotas de minha pobre Bahia, sitiada e faminta: proclamaram afinal a República Bahiense. Na selva amazônica ainda guerreiam os rebeldes cabanos, quilombolas e tapuios, tendo por chefe um menino chamado Angelim. No Maranhão, onde combatem os insurretos balaios, há um crioulo ladino, fugido do cativeiro, Cosme Bento das Chagas, que escreve cartas onde assina como "imperador das liberdades bem-te-vis"; e que fundou uma escola nas grimpas do seu quilombo nas cabeceiras do Rio Preto. Mira que esplêndido exemplo: pela vez primeira neste país a classe escrava, que trabalha sozinha e tudo produz, entra na escola, aprende a ler e fazer contas. Por mim esse preto Cosme, que dizem infame, merece a mais alta estátua…

Merece, mas não a terá. Mais fácil será que o enforquem. Com a alma em prantos e o coração nas mãos, digo e mando escrever que fracassarão todos. Fracassaremos. Os déspotas da Corte esmagarão uma a uma essas rebeldias provinciais que não souberam se unir. Entregarão a Pátria ao filho do tirano Pedro, esse menino calado e trombudo que guardam trancado no paço. O Brasil permanecerá imperial e escravista, banido do rol das Nações Livres do Velho e do Novo Mundo.

E eu que tanto lutei, por que luto neste fim-de-vida? Qual causa sobrou-me? Com que sonho? Com dois vidros montados num ferro, um par de óculos, ler, escrever, enxergar de novo… Mesquinho sonho.

Capítulo 4

Onde Barata conquista o menino no xadrez numa agourenta noite de procissão dos penitentes

Das Confissões de Barata:

O que ainda me vale é este moleque que ponho a ler e escrever para mim. E até que não escreve mal: apenas de vez em quando pede que eu soletre alguma palavra de ortografia duvidosa. Por meio dele, posso, por fim, entregar-me a estas Confissões de Barata.

Matutei um bocado sobre o título. O Confissões *devo, é evidente, a Rousseau, o grande Jean-Jacques Rousseau, pensador de coragem, pai espiritual da Queda da Bastilha, autor do* Contrato social, *minha bíblia. Pirateei o substantivo de um outro título do suíço. No mundo das ideias, a pirataria é um mister legítimo, válido, sublime até. Uma ideia não tem dono. Quem quer que encontre serventia nela pode usá-la à vontade.*

Quanto a meu sobrenome de inseto, Barata, *nem é preciso dizer que desde sempre me causou um sem-número de aperreios. Está na hora de proporcionar também algum divertimento. Quem não sabe rir de si não merece ser levado a sério.*

Voltemos ao menino. É quem me escreve estas linhas. Ganhei-o outro dia do vigário Bartolomeu Fagundes. Como há muito que escrever, e meus fracos olhos já não podem conferir o escrito, convém, pelo sim ou pelo não, que eu apresente o escriba.

Contam que ele apareceu novinho, dois palmos de menino, boiando no Potengi dentro de enorme cabaça, nu em pelo e sem sinal que lhe delatasse a origem. Daí o nome que ganhou na pia — Moisés — nomão desmedido para aquele caco de gente.

Muitos anos depois, quando aportei na cidade, a história ainda dava o que falar. Não poucas más línguas davam o reverendo por pai de Moisés e a viagem da cabaça como conversa para boi dormir. Eu cá por mim não arrisco um veredito. Só tenho forte suspeita de que o menino há de ser forro ou livre, cativo não. Se fosse escravo, mesmo franzino, renderia umas boas patacas — ainda mais nestes tempos de carestia, com os fazendeiros do Sul em afanosa procura de braços para o eito do café. Um menino livre ou forro, invendável, nada vale. Mas quem seria doido de jogar patacas no rio?

O certo é que no Brasil somos todos escravos até haver prova em contrário. O bichinho foi crescendo assim no limbo, meio cativo, meio não. Fazia os serviços miúdos da Matriz — de tocar sino a cavar covas para os defuntos que aqui se enterram à volta do cruzeiro da igreja, pois a cidade nem cemitério tem. O vigário, que possui as suas luzes, ao menos ensinou-lhe algumas letras, alguma gramática, umas tintas de latim. E o Moisezinho potiguara deu para devorar feito traça tudo que havia de livro esquecido na sacristia, da Bíblia Sagrada aos romances de cavalaria dos Doze Pares de França.

Pois agora ganhei o moleque, limpamente, no xadrez.

Enxadristas nesta terra são quase tão escassos *quanto óculos. Assim, quando cheguei do Recife, montei a casa e a botica, com meus diplomas de Coimbra pendurados na parede, logo o padre se achegou. Com uma conversa enviesada de quem não quer nada, depois de muitos rodeios perguntou se eu jogava xadrez. Pela mãozorra nervosa que dedilhava o rosário, pelo dorso um pouco curvado de banda, pelo brilho esperançoso e aflito nos olhos, logo diagnostiquei o veterano aficionado à caça de um parceiro depois de longa abstinência.*

Ora, pois sim! Se jogo! E mais, devo a vida e a sanidade dos miolos a esse brinquedinho que dizem inventado por Palamedes durante o cerco de Troia. Em todos os anos de grilhões, na solidão escura das celas de segredo, *sempre se podia riscar um tabuleiro na rocha, e improvisar ou imaginar as pedras. Quando havia outros presos, logo haveria parceiros, se não jogavam, eu ensinava. E em não os havendo desafiei a mim próprio, em longos, gostosos, memoráveis duelos solitários de pura e humana inteligência.*

Naquele mesmo dia, logo que o sino tocou o Ângelus do crepúsculo, lá veio o vigário Bartolomeu. Trazia enrolado debaixo do braço um tabuleiro de couro de bode curtido, mais a caixa de pau com as pedras: grandes peças de fino lavor em madeira de lei, vindas de Roma — disse — mas castigadas pelo tempo e com algumas faltando, substituídas por imitações até sofrivelmente entalhadas em casca grossa de cajá.

Sentamos no copiar, encomendamos a Joaquina um refresco fresquinho de mangaba, arrumamos as pedras, encetamos a conversa e a contenda. Sem óculos – ai, os óculos! –, eu às vezes me confundia com as pedras, mas com ajuda do tato remediava as confusões.

Quando o tambor do Quartel de Linha rufou a caixa das nove e a Matriz deu o toque de recolhida, já íamos para a terceira partida e era como se nos conhecêssemos desde sempre. Em dois dedos de prosa ficou patente que no vasto campo das ideias nada há que nos identifique ou acerque: eu, o carbonário que já se sabe, ele, ultramontano conservador egresso dos restauradores; em suma, perfeitos antípodas. Restou o beligerante diálogo do tabuleiro, e ele se atirou às peças como se fosse tomar de assalto a pestilenta cidadela das liberdades modernas. Aí o conheci direito: um homem como poucos, ingênuo, simples, um livro aberto, apesar da casca espinhosa. Ele abre com o peão da dama, abertura desabrida, imprudente, ingênua e com frequência desastrosa. Prefere a audácia dos cavalos à obliquidade dos bispos. Aceita meus sacrifícios com muita gula e pouco tino. Em suma, uma boa alma, embora presa fácil das tentações da ira e da soberba.

Duas tardes depois lá estava o reverendo de novo à minha porta, sobraçando o tabuleiro e esgrimindo um impresso, que anunciou ser a carta encíclica do papa Gregório XVI Sobre os erros modernos — *afinal chegada ao nosso fim-de-mundo. Começou por citar-me as passagens contra "os dardos dos libertinos" em prol do direito dos padres ao casamento. Aproveitou para estocar o padre Feijó, recém-apeado da Regência, apodando-o de ministro de Satanás, sedutor e alcoviteiro. Não lhe levantei a luva, pois já se sabe o que penso de Feijó, e então o vigário passou à opinião do papa sobre a liberdade de imprensa, com novas copiosas citações: "Nunca suficientemente condenada"; "A disciplina da Igreja sempre perseguiu a publicação dos maus livros"; "Há que lutar com todas as nossas forças para exterminar a mortífera praga de tais livros, pois existirá matéria para erro enquanto não perecerem pelo fogo esses instrumentos da maldade"... E das fogueiras da Santa Inquisição eclesial fomos passando para a mais amena contenda enxadrística, onde me esmerei em aplicar-lhe grossa tunda. Desde então, dias sim, dias não, sentamos para jogar e brigar.*

• • •

Pois faz uns meses houve uma dessas sessões de refrescos, contendas metafísicas, políticas e enxadrísticas com o vigário Bartolomeu. Era uma sexta-feira de novembro, Mês das Almas. Noite agourenta, de procissão dos penitentes, de encomendação das almas dos afogados, enforcados e mortos sem confissão, que penam e se debatem no Purgatório.

Como a Igreja não assume oficialmente essas devoções mais selvagens do seu rebanho, lá veio o vigário aqui em casa, com seu tabuleiro, ocultar-se da procissão. Começou perdendo, investiu outra vez, sempre com o peão da dama, perdeu outra. Insistiu, perdeu.

Depois que o sino bateu a recolhida, as mulheres e a criançada se acoitaram em casa, por trás das portas e janelas bem fechadas. Se alguma, desavisada, se abrisse, seria castigada com furibundas pedradas. E os penitentes — só homens feitos — foram se ajuntando do outro lado da Rua Grande, em frente ao cruzeiro da Matriz. Vinham encapuçados em brancos albornozes, que logo se tingiriam de encarnado. Tangiam matracas de um crepitar seco e cavo. Uns carregavam grandes pedras na cacunda, outros arrastavam correntes de ferro pelo chão. E traziam chibatas, grossas cordas molhadas na salmoura, tiras de couro cru, às vezes até com espinhos e farpas para melhor se esfolarem. O povo, crédulo, assevera que no meio desses pobres de espírito vai sempre um frade sem cabeça...

O padre Bartolomeu já ia para a quarta derrota quando a procissão partiu no rumo da Santa Cruz da Bica. Não se ouvia cantoria nem música, só o troar das matracas, o zumbido das lapadas na carne, os gritos, os gemidos perdendo-se na noite. Uma coisa bárbara, medonha. De arrepiar.

Nosso reverendo não estava nos seus melhores dias. Inquieto, coçava a tonsura, arregaçava a batina para enganar o calor da noite, resmungava entredentes incitações ao seu exército e trazia um hálito de vinho mais forte que de costume. Teimou em outra partida, e outra, e outra. Eu já não podia mais com aquele peão da dama a se aventurar pelo tabuleiro, atrevido e tolo.

Fazia horas que Joaquina dormia, abraçada ao seu rosário para não sonhar com os cilícios. O refresco acabara. Findara também a procissão, e os flagelantes de há pouco agora se refastelavam em suas casas, devorando ceias de peixe assado e pitu do rio, esquecidos das almas sofredoras. A Rua Grande estava deserta como as areias do Saara.

Tentei chamar o padre à razão. Forcei um bocejo, ergui-me da rede como quem põe fim a uma conversa, mas o homem não me dava ouvidos.

— Mais esta — repetia, pela undécima vez —, só mais esta.

— Amanhã, reverendo. Temos todo o tempo do mundo...

— Mais esta. Aposto... aposto... aposto o menino!

— ???

— O menino, aquele... O que me serve na sacristia, o Moisés... Aposto o Moisés!

— Mas reverendíssimo, onde já se viu jogar xadrez a dinheiro?!

— Se não se viu há de se ver. Aposto o menino! E será só esta! A derradeira! — Disse e já foi armando o tabuleiro. Com a outra mão sacou o lenço das dobras da sotaina e secou o suor que lhe empapava a queixada. Era um homenzarrão de todo tamanho, nutrido, pesado como um vitelo, sanguíneo, a fala grossa de dono de posses e mandos, a maior autoridade da Santa Igreja de Roma na província do Rio Grande do Norte. Mas adivinhei no seu olhar a ponta de uma súplica, como deve haver uma no meu quando subo num brigue à cata de óculos.

O Brasil inteiro sabe — ou pelo menos soube em outros tempos — que não sou homem de fáceis cedências, mas confesso que me enterneci. Por algum motivo que ainda não atino, quem sabe os maus agouros da procissão dos penitentes, ali estava um ser humano carecendo de um amigo — mesmo que fosse um amigo livre-pensador, liberal, o criminoso Barata, e ainda por cima o desancasse no xadrez. Negar-lhe o pedido seria crueldade, covardia. Além do que — alteou-se uma vozinha interesseira na minha cachola —, o menino lê, e escreve. Se ganhas, lá se vai tua mais dura pena. Será como voltar a ter óculos: uma desforra e tanto contra o nariz-de-gambá do Recife e toda a laia dos mercenários deste reino. O vigário é homem de posses, tem sítio montado no Refoles, fazenda de muito gado no sertão do Seridó, um escravo a mais ou a menos não há de lhe fazer mossa. Outra voz lá dentro, grave e sisuda, contra-argumentou que aquilo era quase um furto, o padre já perdera sete partidas, não estava senhor de si. Além do que, não se joga xadrez a dinheiro — é interdição severíssima, regra sem exceção, elemento inseparável da escrupulosa beleza do jogo. Deixei correr mais um pouco a íntima polêmica, só a desempatei quando o sacerdote arrumara todas as suas pedras e passou a arrumar as minhas: Muito bem, jogaria, jogaria o menino. Mas para equilibrar a partida e a consciência daria um bispo ao padre, ou, melhor ainda, um cavalo, que para ele vale os dois bispos.

— Então, ficamos acertados: a derradeira.

Dito e feito. Lá pelo sexto lance, maliciei um jeito de presentear dissimuladamente meu cavalo-da-dama, e posso dizer que muita falta ele me fez. O vigário por alguma razão tornara à liça com energias e astúcias redobradas. Varamos metade da noite nessa última partida, combatendo como gigantes da Grécia de Homero, nem parecíamos dois velhos desdentados em volta de um couro de bode, à luz frouxa da lamparina de azeite de carrapato. Os primeiros galos já cantavam quando por fim levei a melhor na apertada final de peões. Despedimo-nos como amigos e eu fiquei a entrevê-lo a atravessar a Rua Grande, levantando a areia fina com suas enormes botinas.

No dia seguinte, ao acordar, cheguei à varanda e dei com este moleque, este escriba potiguara, Moisés espeta-caju. Escreve, moleque, não há quitute que iguale uma boa partida de xadrez. Aquele tabuleiro contém um mundo. Decifrar seus movimentos é como descobrir os mais secretos mistérios do adversário — e não há mistério que resista a um cérebro de enxadrista.

— Nem a matança do Genipabu?

Capítulo 5

Onde a matança do Genipabu insinua-se pela vez primeira e fisga Barata com seu mistério

— Nem a matança do Genipabu? — Antes de arriscar a pergunta, o miúdo pusera fim a mais uma página do caderno, talvez deixando a margem inferior um pouco maior que as de costume. Dedicava-se agora ao ritual do areeiro, assoprando a página com meticuloso cuidado, à espreita da resposta.

— O que tem a matança do Genipabu? — O tom do velho trazia uma gota de interesse em meio à rabugice costumeira. Em dois meses de serviço na casa da Rua Grande, o menino sempre se esquivara de avançar opiniões, mesmo sob o cauteloso formato de uma pergunta. Economizava as palavras, exceto quando era posto a ler, com voz insegura, algum artigo de gazeta.

Fez-se uma pausa.

— Tem um mistério... como no xadrez...

Outro longo silêncio. O menino esperava, de olhos baixos, caderno e pena a postos. O velho pigarreou, como se fosse voltar ao ditado. Aí, coçou-se, tirou a boceta de rapé da algibeira do roupão de ficar em casa, mediu entre os dedos magros uma pitada de fumo negro e oloroso, picado bem miúdo, aproximou-o das narinas com vagar, espirrou, fungou, assoou-se, pigarreou de novo.

— Escreve... Qual o mistério da matança do Genipabu?

— ...

— Diz... Qual mistério?

Desta vez o menino demorou ainda mais. Não tinha o costume de falar tanto. E nem sabia ao certo se queria mesmo que seu novo senhor enveredasse por aquele cavernoso assunto. Ao contrário do vigário, transparente e previsível, o velho boticário era uma indecifrável incógnita, que toda a cidade comentava e temia.

— Parece que foi uma grande matança na fazenda de Inácio Baracho. Parece que não sobrou um vivo, nem gente, nem bicho. Que ninguém sabe quem matou e quem morreu. Que descobriram pelos urubus. Que era esse o assunto dos homens que estiveram aqui ainda agora, com dona Joaquina, o senhor ouviu...

— Não ouvi nada, ou, se ouvi, não atentei. Tinha mais o que fazer, julguei que fosse um desses crimezinhos corriqueiros, por dinheiro, por honra, por inveja, que todo dia vertem sangue. Então, não sobrou ninguém?

— Dizem que não sobrou não, senhor.

— Nem os animais?

— Nem. Tantos belos cavalos...

E de onde desencavaste essa história? — A cabeleira de algodão assomava sobre a varanda da rede. O corpo magro se apoiava num cotovelo para ver e ouvir melhor. Um pé apalpava o chão caçando as chinelas.

— Por aí. Andam falando, na rua...

Repetiu-se a ruidosa solenidade do rapé e a agitação na rede amainou. Só o pé calçando a gasta chinela batucava de leve no chão de barro. O ditado emudecera. O velho deixou-se ficar na rede, meio recostado, meio sentado. Depois, aos poucos, voltou a se espichar. As chinelas tombaram de volta ao chão. Os olhos vagos passearam pela telha vã, por onde escapavam finíssimos raios de sol enfeitados de poeira. Passado algum tempo, fecharam-se, rendidos ao calor que se adivinhava lá fora. Durante alguns minutos de modorra o pensamento ficou solto, esvoaçando no meio-sono.

Ao despertar o velho já não tinha dúvidas. Conhecia bem aquele humor, gostasse ou não. Deixara-se fisgar pela isca do enigma.

Depois de outro longo silêncio entremeado de pigarros, levantou da rede, devagarinho.

— Menino! Ô esse menino!

— ...

— Farás o seguinte: Guardarás no surrão esses teréns de escrever. Depois, irás ter com o homem que esteve aqui, o do rebenque, como se chama? Raposo, capitão João Raposo Carrilho, esse mesmo. Dirás... que já me sinto melhor e se lhe aprouver poderei recebê-lo. Não te humilharás, nem a mim, mas serás jeitoso o bastante para trazer aqui o homem e sua história.

Disse e foi entrando pela casa, para trocar o chambrão de chita e a ceroula atada nos artelhos. Ao voltar envergava o traje de sair e receber: casacão tingido de azul ferrete, de algodão grosso — nunca desses panos ingleses, indignos de um patriota —, chapéu de palha na mão, sapatos de macio couro de bezerro e o bengalão de jurema-preta.

Encostou a bengala à parede, pendurou nela o chapéu, em delicado equilíbrio, e voltou à rede. Enfim, pensando bem — consolou-se —, qual cientista, qual jornalista, qual ser pensante há de resistir a um bom mistério?

• • •

— Pois então, doutor deputado. — O capitão Raposo se esmerava nas gentilezas, cheio de tramém, tratando o velho pelo título quase honorífico obtido na longínqua votação de 1821 para as Cortes de Lisboa, mas nem por isso abandonava o rebenquinho. — A notícia chegou-nos faz pouco, por um cabra que passou por lá. Ele veio na carreira, cruzou o Rio Grande a nado, doido para descarregar seu relato macabro. Por enquanto só sabemos o que descreve, e não é muito, que esses caboclos são curtos de ideia e de língua: os animais todos mortos, um dilúvio de sangue, ao que parece não há sobreviventes. Estivemos reunidos no prédio da Câmara, inclusive o doutor Parrudo — chamava assim, pela alcunha zombeteira, o presidente da província e seu desafeto pessoal, Manuel da Silva Lisboa. — Ali resolvemos recorrer ao auxílio do ilustre deputado doutor Barata, em vista de suas muitas luzes e por não haver outro médico nesta província. Mas o deputado pelo que eu soube andou adoentado...

— E o que é mesmo o Genipabu? — O velho não deu sinais de notar a ironia na frase final.

— É uma praia, é uma restinga, é uma lagoa, e, na ponta norte da restinga, entre a praia e a lagoa, é a sede da fazenda do Genipabu, uma sesmaria que entra várias léguas pelo sertão. A casa grande está ali há quase dois séculos. Pertence aos Barachos desde antes da Guerra dos Bárbaros, a Guerra Grande do Açu. Dizem os antigos que, durante aqueles anos de levante dos tapuias, os Barachos resistiram a mais de um ataque da indiada, disparando seus trabucos por trás das paredes de taipa grossa como numa fortaleza. Indaguei ao *próprio* se há sinais de outro ataque de índios, mas ele não soube dizer. Seria de admirar. Os tapuias de hoje já não são aqueles dos tempos do rei Janduim. Não passam de uma sombra de povo acoitada nos lajedos do Icó e da Borborema, faminta, sedenta e medrosa, correndo como emas sempre que se avista um branco…

— Quem mora na fazenda?

— O coronel Inácio Baracho, chefe da família, senhor do Genipabu, com seis filhos homens e uma menina. A esposa morreu faz tempo, do parto da filha. Eles têm lá sua gente para os serviços do eito e da casa, na maioria caboclos mansos da aldeia de índios que havia antes por lá. Criam cavalos, magníficos animais. Têm um reprodutor chamado Aceiro, um baio princesa-isabel do mais puro sangue andaluz, afamado até no Recife, até nos astros…

O velho continha a custo sua impaciência com aquele homem empoado e seu incansável rebenquinho de couro curtido. Raposo pouco sabia. Inquirir o apavorado mensageiro tampouco valeria a pena. Seria preciso ir lá, pessoalmente, com o menino, ver.

— Como se chega no Genipabu?

— A fazenda fica ao norte da cidade, umas três léguas para lá da barra do rio. O caminho mais fácil é por mar.

— Irei ao Genipabu. Se Vossa Senhoria não se importa, mande outra vez aqueles escravos de rede, amanhã bem cedo, e providencie no Canto da Ribeira uma jangada para nos levar. O resto depois veremos.

Capítulo 6

De como Barata desembarca certo dia na Cidade do Natal e por ali se deixa enterrar e descarnar

O velho chegara à Cidade do Natal no inverno de 1835, trazido do Recife pela sumaca *Maria Luísa*. Chovia fino e ventava muito, mas metade do povo fora ao Canto da Ribeira vê-lo chegar. Não era todo dia que a cidade recebia um doutor de Coimbra, um deputado das Cortes, e menos ainda um perigoso agitador liberal, republicano impenitente, partidário da libertação dos escravos, condição certificada por longos suplícios e piores condenações.

Nos dias antes, e depois, não se falava em outra coisa. Diziam que ele desembarcava em virtude de um acordo, desses que se pactua em guerras. Ou vinha, e se aquietava por ali, ou ia preso, outra vez, como na cadeia estivera quase todos aqueles anos. Quer dizer: agora o Natal seria o seu cárcere.

A sumaca deitara ferros a vinte braças do Canto, já que ali não havia cais. Uma canoa comprida tocada por dois caboclos de remo partira com os couros e a farinha que a nau carregaria. Na volta trazia um guarda-chuva de todo tamanho, gotejando pelos lados. Debaixo deste, um baú de pau e cinco grandes canastras de couro, cheias até estufar, deixando ver o mundão de livros pelas costuras que gemiam e cediam. Em cima das canastras, ele. Do lado, num canto, sob outro guarda-chuva, de dimensões mais razoáveis, o vulto miúdo e encurvado da senhora Ana Joaquina, que sofria há meio século ao lado do velho, desde antes da primeira prisão.

Houvera uma sexta canastra, só de versos. Eram o passatempo do velho. Ele ouvia-os nas cantorias das feiras do Recife e Olinda, anotava, depois passava a limpo nas folhas de sucessivos cadernos, com registro do cantador, data e lugar. Encantava-se com as rimas, catecismo, delícia e retrato do povo. Com o tempo, acumulara na canastra toda uma cordilheira poética: sextilhas, sete-pés, moirões, décimas, martelos agalopados, galopes à beira-mar, quadrões, gabinetes, toadas, meias-quadras, gemedeiras. Homem da imprensa, nascido numa colônia onde imprimir fora crime, planejava levar aquilo tudo ao prelo. Mas pouco antes do embarque para o Natal, num descuido, um ninho de ratos se alojara na canastra, roera metade dos versos, contaminara o resto com suas pestilências. Ao médico, devoto da saúde pública, só sobrara a opção de tocar fogo em sua *Coletânea poética das feiras*. Doera. Quase tanto quanto os óculos.

Quando o velho descera da sumaca para a canoa, a pequena multidão deixara escapar um murmúrio de desapontamento. Não era um homem grande, antes pequeno e magro, embora aprumado. Não chegara cuspindo sangue nem comendo carne humana, não amaldiçoara el-rei nem fizera o sinal-da-cruz-de-trás-para-avante. Em compensação, nunca nenhum dos presentes vira uma cabeleira assim tão branca, como algodão, e longa, além da cintura. Disseram depois que era promessa feita durante uma das longas prisões: ele só a cortaria no dia em que o Brasil fosse livre.

O vento dava naquele cabelo que até se ouvia o barulho, parecia uma branca bandeira de guerra. Ele desembarcara no atracadouro muito teso, muito sério, e percorrera o povo com o olhar, medindo e pesando um por um. Mas nada dissera, só meia palavra com o funcionário da província que fora recebê-lo. Ajudara dona Joaquina a sair da canoa. Abrira a marcha, com o guarda-chuva em cima, a mulher atrás e por derradeiro os carregadores levando as canastras ladeira arriba, da Ribeira para a Rua Grande da Cidade Alta.

Ali na Rua Grande ele achara sua casa, térrea, com telhado de duas águas, paredes de taipa batida e chão de terra como quase todas do Natal. Descarregara os livros e alojara-se com sua velha. No dia seguinte abrira botica com os preparados que trazia no baú. Também dava aulas de francês, caso algum natalense o desejasse.

• • •

O falatório seguiu, até mais forte. Não era fácil encaixar o homem nas classificações costumeiras da cidade.

A imagem de rebelde que Natal retinha era a de André de Albuquerque Maranhão, senhor do engenho de Cunhaú, chefe da República de 1817, a qual não chegara a durar um mês. Este, todos conheciam, sua história ainda estava entre as prediletas dos antigos. No vigésimo oitavo dia do governo revolucionário, os grandes da terra reuniram a tropa de linha e rumaram para o palácio do governo dando gritos de "Morra a liberdade". Ninguém os enfrentou, a República veio ao chão como uma jaca mole cai do pé. Os vencedores ordenaram que o senhor de Cunhaú desse um viva a el-rei, ele não deu. Abriram seu ventre com um espadim, levaram-no segurando as tripas para a "prisão escura", a cela mais tenebrosa da Fortaleza dos Santos Reis, bem na barra do Potengi. Ele pediu água, não deram. Pediu um travesseiro, mandaram entregar uma pedra, dizendo que assim devia ser o travesseiro de um patriota pedreiro-livre. André de Albuquerque Maranhão dormiu sobre a pedra e morreu na manhã seguinte. Puseram-no sobre dois paus, carregaram o corpo do forte para a cidade, enterraram numa cova sem lápide e antes disso ainda houve um mais malvado que lhe cravou a espora no cadáver. O povo assistiu a tudo quieto e mudo — pois o seguro morreu de velho e o desconfiado ainda está vivo. Só dona Rita Coelho, que morava junto da Matriz, ousou um gesto: deteve o cortejo e cobriu o corpo com uma esteira de piripiri fazendo as vezes de mortalha.

O velho era evidentemente um revolucionário de outro tipo. Para começar não tinha engenho de bom massapê e escravaria, nem sequer um sítio, só a casa da Rua Grande, arranjada como parte do acordo de desterro, com seu quintal espremido no barranco, meia dúzia de pés de fruta e umas galinhas que dona Joaquina criava. Os dois viviam apertado, dos cobres que as aulas de francês e a botica rendiam, que não eram muitos, até porque quem mais ficava doente na cidade era quem menos dinheiro tinha. As águas rosadas, calomelanos, bálsamos apopléticos e emplastros terminavam muitas vezes saindo de graça, desfalcando o estoque sem encher a bolsa. Barata nem sequer comprara uma criada, sendo cuidado pela própria mulher e depois pelo menino que lhe servia de óculos. Em compensação, havia os seus livros, uma pilha, uma montanha deles, por certo bem mais que todos os já vistos de uma a outra ponta da província do Rio Grande do Norte.

Se a conversa tocava na convulsionada política do período das Regências, ele se fechava em resmungos, mas sem arredar pé das convicções incendiárias. Era um incêndio de outro tipo, que não dura um mês nem um ano, mas a vida inteira, e por pura birra recusa-se a morrer.

O menino, agachado no chão, quedava às vezes longos espaços, decifrando seu novo senhor. Este era um velho com seu jeito próprio e particular de envelhecer. Outros há que envelhecem engordando, mesmo quando não têm do que: o tempo cria neles umas papadas, bifes, tubérculos, a custo se adivinha por debaixo deles o rosto que um dia foi moço. Outros não criam carnes, mas peles, pregas, que se soltam e se deixam cair, para não falar das manchas, sinais e verrugas da velhice.

O velho do menino, não: fora se escaveirando. A idade grudara seu pelame na ossatura, a ponto de já não se achar carnes naquela face seca, seca, seca como a carniça de um bicho deixada ao tempo no verão, descarnando-se ao sol, sem sequer empestar o ar ou servir de pasto aos vermes. Com os cenhos e cabelos tão brancos, as mãos finas, nervudas, ossudas, castigadas pela artrite e encurvadas, como em uma ave carniceira, parecia um caburé, a suindara, a corujinha-da-igreja. Era rijo, bem mais do que seus queixumes davam a entender, empertigado, ereto. Mas, aos setenta e cinco, ninguém é rijo de fato; se estiver vivo já é um afortunado.

Capítulo 7

Onde Barata deixa a modesta pasmaceira do Natal pelo rubro desvario do Genipabu e o baio vai longe

No outro dia, de manhã bem cedo, as duas parelhas de escravos desceram a ladeira da Cruz no rumo do Canto da Ribeira, levando nas costas o pau da rede de ticum, com o velho dentro e o menino atrás. Duas jangadas, acertadas de véspera, esperavam a comitiva — jangadas *do alto*, de seis paus, afeitas ao mar-oceano. Numa foram os carregadores; na outra o velho e o menino; nas duas, seus mestres, de couros curtidos e olhos encarquilhados por muitas gerações de água e sal à sombra dos chapéus de palha.

As velas se inflaram, deixaram a praia e ganharam o Rio Grande no rumo da barra. À popa, foi ficando para trás o casario da Cidade do Natal.

Do mar se avistava o perfil completo de todo o Natal que havia. O velho pôs-se a fitá-lo e adivinhá-lo tal como se esconderia atrás do nevoeiro de sua vista. Era naquela tapera com pelourinho que os poderosos da Corte o submergiam. Naquele areal o enterravam, a contar seus últimos dias e destilar seus derradeiros féis.

• • •

A cidade a rigor mal passava de uma vila, e ainda assim não das maiores, empreguiçada sobre a foz do Rio Potengi. Na ponta ao levante, aventurando-se oceano adentro, ficava a velha fortaleza, meio destroçada, cercada pelo mar e o rio, exceto uma língua de terra que a maré cheia também submergia. A seguir vinha a Limpa, quase deserta como dizia o nome. Depois, o tabuleiro com a Cidade-Alta: três ruas tortas de areia, três igrejas acanhadas, apenas uma com torre, quatro ou cinco sobrados, contando o da Câmara Municipal, feio, pesado e sujo, tendo por cima umas seteiras a vigiar a cidade e por baixo a medonha cadeia de maus humores e piores odores. Dali descia a erma e íngreme ladeira da Cruz. Ao pé desta ficava o bairro da Ribeira, ainda mais acanhado, com uma só igreja, algumas casas de comércio, o atracadouro do Canto e o alagado salobro que na maré alta tudo engolia, carregando miasmas e febres.

Os moradores da Cidade-Alta chamavam os da Ribeira *canguleiros*. Estes retribuíam apodando de *xarias* os que habitavam encosta acima. A ladeira dividia a cidade como um fosso de ódio e desdém: "*Xaria* não desce!"; "*Canguleiro* não sobe!", gritavam os combatentes dos dois partidos opostos, no calor dos perrengues dos dias de festa.

Xarias e *canguleiros* juntos mal somariam seis mil almas, contando os cativos. Uns e outros habitavam as mesmas casas baixas de palha e barro, feitas no sopapo em dois dias de improviso, candidatas a taperas calçadas de terra e forradas de vento. A cidade não tinha teatro ou cemitério, nem cais ou mercado público, nem calçamento ou luz nas ruas, nem hospital ou santa casa, nem prelo, jornal ou pasquim: o *Natalense*, primeiro e último periódico do Rio Grande do Norte, saíra de circulação um ano antes, a mando do governo. Toda a água de beber, cozinhar e lavar vinha do poço do Baldo, subindo às casas na cacunda da escravaria. Havia também cacimbas, até na Ribeira, quase à beira do mar — como a de São Tomé, encimada por uma pedra que trazia impressa a marca do pé do santo — mas vertiam uma água salobra e ruim.

Ali estava por inteiro a cidade dita do Natal, de Santiago ou do Rio Grande, Natalópolis, a Nova Amsterdã dos batavos, dos Reis Magos ou simplesmente dos Reis. Na verdade, rei algum jamais a pisara, exceto o rei bárbaro dos Janduís, bugre velhíssimo, mais que centenário, soberano da indiada cariri, que nos idos de 1638 ali rendera vassalagem ao príncipe holandês Maurício de Nassau — o que de per si o desqualificava como rei merecedor de real título.

De todas as terras brasileiras, o Natal era a que mais se aproximava da Europa e suas luzes, ao menos caso a distância se medisse em léguas. Mas também era a mais vizinha à África, fosse pela geografia ou pela areia. A cidade nascera num areal que lhe cobria as ruas, passeios e becos, as masmorras da cadeia e o altar da Matriz. Pisava-se, comia-se e respirava-se areia. A areia engolia os pés, mordia a pele com o sol a pino, enchia os olhos, se batia o vento, fazia cócegas nos narizes, cimentava as dobras das orelhas.

• • •

As jangadas quebraram a barra, destemidas *jangadas do alto*, capazes de fazer frente ao mar grosso do Atlântico. Um vento manso e bom enfunava as pandas velas, mas não despertava cuidados. O sol se adiantava pelo céu de puro azul, sem uma nuvem afora as que na velhice toldavam a vista de Barata. À esquerda corria a costa, exibindo dunas muito alvas e por trás delas os coqueirais e cajuais de um limpo verde de estampa. Aqui e ali se alteava sobre as ondas o madeiramento entrelaçado de um curral de peixe de engenhoso perímetro.

O menino ia em pé, encostado no banco de vante, os pés no pau mimbura de estibordo, mão agarrada ao mastro de duro e rubro conduru, para não perder o equilíbrio. Era a primeira vez que deixava as barrancas do Potengi e que singrava o Atlântico.

Às nove horas, almoçaram sobre os paus e o oceano a merenda de cabidela sumorosa e farinha, depois uns cacos de rapadura. Uma hora mais tarde, o mestre-jangadeiro que ia à frente com o indicador em riste espetou o quadrilátero da casa grande do Genipabu. Iam chegando.

Súbito o medo apertou o coração do menino. Nem era tanto da matança, mas primeiramente do muito que teria de falar. Respirou fundo o ar enfumado de maresia.

Os jangadeiros fincaram suas naves na areia; e na beira do mar ficaram, pitando pitos. Sua empreitada ia até ali, na segurança do oceano. Não incluía nenhuma aproximação maior com aquele lugar e seu rubro segredo.

Os negros de rede vieram buscar o velho e o levaram, erguendo bem os braços para que a espuma da rebentação não o tocasse. Chegando à praia, sacudiram-se como cães molhados e seguiram em frente pelas dunas, em uma rota sinuosa, buscando as moitas de capim-barba-de-bode para livrarem os pés descalços do calor da areia. Também eles não tinham nenhuma pressa em visitar o Genipabu, menos ainda levando nas costas aquele velho mal falado. Iam se benzendo, gaguejando rezas, revirando os olhos, cada um invocando os santos de sua devoção para que lhes valessem naquele transe, exorcizando os males daquele e do outro mundo que pareciam à espreita em cada sombra da sede da fazenda. O menino também riscou por via das dúvidas um pelo-sinal antes de fazer o que o velho mandava, tomando a dianteira dos cativos.

• • •

Aceiro estacou embaixo do sol a pino, em cima do panascal. Era um baio princesa-isabel, pelagem vistosa e pouco encontradiça: os baios ordinários têm crinas e caudas escuras; os princesa-isabel, nome derivado de Isabel de Castela, possuem-nas alvas, quase brancas, em contraste com o pelame acobreado.

À frente do cavalo azulavam os contrafortes da Serra da Borborema. Atrás, muito atrás, tinham ficado as lordezas de palafrém dileto, os mimos e almargios, a palha de milho e o olho de cana, os cuidados e despesas e cercados e corveias da vida fidalga do pai-d'égua das terras do Genipabu. Tudo aquilo como que se dissolvera em uma noite e dois dias. Mal sobravam uns fiapos, lá no fundo, por trás da memória do sangue, da pólvora, do fogo e do perigo. Agora era a caatinga, eram os espinhais, os carrapatos e pinhés, os rios empoçados de alvos leitos, o sal não mais servido no cocho mas arrancado do chão, a liberdade sem cercas. Já se adivinhava que iria emagrecer, empoeirar o brilho sedoso do pelo alourado, antes escovado e brunhido com esmero três vezes ao dia com a rascadeira. Por trás da nédia beleza das primeiras concubinas emergiria outra, selvagem, despojada.

O baio subiu mais um morro e parou de novo, recortado entre o blau do céu e o ouro do sol. Parecia o arquétipo dos bichos-cavalos. Mediu seu trajeto, bateu de leve com um casco no chão, arqueou o pescoço, bufou baixinho, desceu o morro a meio-galope e despontou adiante no espinhaço de uma serra mais alta.

• • •

Bem longe, sertão adentro, uma voz possante ecoava num anfiteatro de pedras a prumo. À sua roda, cabeças sertanejas erguiam-se em êxtase:

"...Eu vos peço, Dom Sebastião! Eu vos suplico, meu santo! Eu vos imploro, meu rei! Não por mim, João Antônio — que sou um pobre pecador como tantos que penam sobre a terra —, mas por este povo bom e devoto e sofredor que reza e clama! Tende dó destes homens que o trabalho calejou, destas mulheres que pariram no sangue e na dor, destas criancinhas inocentes de todo mal, destes velhos doentes e entrevados que são o vosso povo! Quebrai esta pedra! Rompei este encanto! Saí para fora com vosso cavalo branco e vosso exército invencível de anjos sem jaça! Livrai vossa gente do cativeiro e da injustiça! Castigai os malvados do mundo com o fogo frio do inferno! Ganhai a guerra que há tantos anos vos coube guerrear!"

O homem que orava deitou seu olhar pelas almas ao seu redor. Era alto e ossudo como o cajado que trazia à mão esquerda, enquanto a direita apalpava a grande pedra preta, que dominava toda a cena. Ao derredor, a vista alcançava incontáveis léguas de serranias e o ar era tão límpido que fremia.

O homem espiou para cima, para o cume da sua rocha. Tinha os olhos muito escuros, esgazeados, fincados bem fundo nas órbitas por longos jejuns e penitências. Vestia uma túnica de algodão e trazia umas flores do campo, flores-de-cera e azedinhas, entrançadas nos cabelos à moda de uma coroa. O queixo fino, com a barba tênue e já grisalha, encimava um nó-de-adão saliente e veias grossas, saltadas e tesas como o cordame de um veleiro. Ninguém que o visse duvidaria da forte fé que o possuía.

Ninguém duvidava. A pequena multidão ao seu redor sorvia cada palavra e vertia água pelos olhos. Quando a oração calou, todas as faces se cravaram na rocha, bem ali onde a mão grande, nervuda e inquieta afagava o granito.

Fez-se contrito silêncio durante um intervalo, tão completo que dava para ouvir o vento assoviando baixo e fino pelas arestas das rochas.

O homem que orava foi raleando os movimentos, baixou a cabeça e ficou imóvel. Quando tornou a falar, a voz saiu contida, quase um murmúrio. O povo à volta espichou os pescoços, esbugalhou os olhos e reteve o fôlego na labuta de escutar:

"Eu sinto que ele está aqui. A pedra é dura, é forte, porém mais dura e mais forte é a potência da reza. Devagarzinho ela há de desfazer a mandinga braba que prendeu nosso Santo Rei nesta pedra encantada. Vamos rezar. Vamos rezar!"

Os fiéis irromperam em um coro desencontrado e forte de credos, salve-rainhas, pais-nossos, invocações de santos e outras muitas devoções. Bocas sem dentes lançavam ao céu suas súplicas, gritavam, gemiam. Mãos se alteavam, dedos calosos esgaravatavam contas de rosários, testas batiam e rebatiam de encontro a rochas em penitências de deitar sangue, crianças miúdas choravam alto ou emudeciam de medo.

Era o povo da Pedra Bonita. Preparava a volta do santo rei Dom Sebastião de Portugal, desaparecido nas areias da África um quarto de milênio atrás, durante a guerra com os mouros.

Capítulo 8

Onde a louca farra da morte e da vida surge aos olhos do menino e aos ouvidos de Barata

— Irás olhando coisa por coisa. Tudo o que olhares me contarás. E tudo o que contares conservarás na memória para quando voltarmos verteres no caderno. — O velho primeiro apoiou-se sobre os cotovelos, mas logo desistiu de esquadrinhar seu nevoeiro. Afundado nas dobras da rede, puxou um lenço da algibeira para tapar o nariz e fugir do mau-cheiro.

O menino estremeceu. Teria que falar como nunca. Paciência. Há sempre uma primeira vez. Seu mestre Barata não lhe contara do *estalo de Vieira*? Se o padre Antônio Vieira fora agraciado com seu estalo, não era de todo impossível que o espeta-caju Moisés também o fosse. Encheu os pulmões.

— Vejo o Genipabu. A casa grande da sede fica no ponto mais alto. A varanda da frente olha para o mar muito verde. Em volta dela ficam os ranchos, os currais, os pés de fruta, formando uma mancha de outro verde, forte-escuro. Mais ao fundo passa um corguinho. Bem atrás dorme a lagoa de águas calmas e quase pretas. Há restos de fogo, uma parte do telhado da sede veio abaixo, ainda deita fumaça. Começo a ver agora os bichos, todos mortos, dentro ou fora dos currais, dezoito, dezenove... não dá para contar daqui, mais de cinquenta, talvez cem. São cavalos, vacas, bodes, jumentos, porém mais cavalos. Há de toda pelagem, castanhos, alazães, lobunos, rosilhos, tordilhos, brancos, aqui um malhado, acolá um baio, um par de poldrinhos ao pé da égua mãe com o ubre pejado de leite. Todos estão negros de seu sangue, que o tempo pretejou. Muito sangue, uma sangueira, assombra os corpos e a areia. Em uns lugares é sangue seco, empedrado, fosco, em outros ainda empoça e escorre. Há bichos que vertem sangue, outros não mais. Por cima revoam os urubus, incontáveis, e outros bichos de pena: gaviões de vários tamanhos, caracarás, carrapateiros, corujas, e aves do mar, gaivotas, rapineiras, alcatrazes, atobás-grandes, também garças e anhumas, batuíras-de-bando, há de haver ainda outros que não avisto e nem conheço. A urubuzada domina, chega preteja o céu. Muitos mais ainda vão chegando, chamados pelo cheiro ou algum aviso dos camaradas. Vêm de longe, fazem fila, redemoinham no ar e tomam assento à mesa farta. Ninguém iguala os urubus no garbo alado, planam livres e leves, revoluteiam, nem precisam fazer força, só no chão se desajeitam em saltos bambos. Descem batendo as asas ao revés para quebrar o impulso do voo, urubuzam, assuntam, escolhem seu naco e vão se servindo, ciscando, pinicando, cortando fundo, enchendo a pança. Avisto acolá dois urubus-reis voando em parelha, enormes, sobranceiros de todo tamanho, de rosto amarelo e encarnado. A bicharada faz a festa, mata a fome de ontem, hoje e amanhã. Daqui já diviso bichos do chão afainados na comilança, muitos ratos, guabirus, guaxinins, gambás. Vejo até um caranguejo guaiamum, grande, azul, nem sei com que forças aguentou a longa viagem desde o mangue. Perto de um oitão do curral nasceu uma briga, uns guinchos, uns pulos, esvoaçares, mas logo fizeram as pazes para voltarem à comedeira. Os porcos da fazenda morreram fora do chiqueiro, parece que quebraram a cerca, na frente está um cachaço enorme, barrão pai-de-chiqueiro, com os olhinhos de bicho mau ainda abertos. Também vejo cachorros mortos e outros metidos na festança, mas nem todos, meu senhor. Uma matilha inteira alcateou-se ali adiante, debaixo de um pé de joá. Estão muito juntos, e até dá dó olhar. São onceiros, logo se vê: pelo porte meão, antes até pequeno, pelo pelame liso e curto, pelas descabidas cabeçorras com negros focinhos afeitos à leitura do ar, pelas bocas largas e tristes, pelas muitas cicatrizes que a unha do tigre rasgou, mas primeiro que tudo pela magrém medonha de esqueletos vivos. O cão onceiro — meu senhor há de saber — é a criatura mais corajuda e fiel que já passou por este mundo. Tão logo desmama é posto para passar fome, fome braba, doída e sem fim. Se abate uma galinha ou rouba um osso, é lanhado no relho até deitar sangue de castigo. Só come o que caça no mato, mas tampouco se admite que estique a caçada até conhecer como é uma barriga cheia. Assim padece, emagrece e obedece até ficar leso, da sabuja, canina, desatinada e destemida loucura de sua onceira condição. Assim alimenta ano após ano o seu doido apetite caçador, seu desvario, seu atrevimento sem peias que afronta de peito aberto e à distância de uma unha o mais temível gatão jaguaretê-pinima-canguçu. Pois aqui, agora, nesta farra de carne e sangue, a matilha onceira teima em guardar o demente jejum telhudo que prometeu ao dono, apenas ganindo e uivando as penas de sua sina. E avisto agora o bicharedo miúdo: besouros, marimbondos, cavalos-do-cão, mangangás, mutucacabas, miúdos maruís, multidões de moscas zumbidoras, gordas varejeiras de berne, umas aranhas, umas minhocas, uns vermes que já se aninharam nas carcaças como se fossem o lar deles. Bichas grandes como cobras, porém branquelas e molengas, se esgueiram solitárias pelas tripas ao sol. Também larvas miúdas, que a custo se vê, fervilham incontáveis na baba de um órgão aberto. Alguns cadáveres parecem que se mexem de tanta azáfama que abrigam e alimentam. Para cada vida que se finou mil e uma vidas brotaram, cada vidinha nova à caça de sua sina, vibrando de teimosia e apetite.

— Do que morreram?

— Não é fácil, não saberei dizer, há carniças sobre carniças, e tantos cortes, lanhos, patas desmembradas, até cabeças...

— Atenta para os cortes. Os que o aço faz são lisos, retos, limpos. Os da natureza, irregulares e esgarçados.

— Não sei, diria que uns são obra de aços, outros não. E há furos que podem ser de chumbo. Ainda não vi o garanhão princesa-isabel que doutor Raposo nomeou; há baios, mas corriqueiros, de cauda e crina escuras.

— Há corpos humanos? Sinais de gente?

— Nada vejo.

— Pois farás o seguinte: dividirás este cemitério de cavalos em grandes quadros, como um tabuleiro de xadrez, e percorrerás um a um, abrindo bem os olhos, os ouvidos, as narinas, devagar o bastante para que nada te escape. De hora em hora, far-me-ás teu relatório. Espero-te com a rede no alto daquele outeiro.

• • •

Os escravos se afastaram com a rede e o velho dentro. Para trás ficou o menino e ficou o cheiro, denso, encorpado, doce, enjoativo, já entremeado pelos primeiros estridentes acordes do bodum-feito de coisa podre. No outeiro soprava uma brisa, via-se o mar, as dunas, a lagoa. Aos olhos enevoados do velho, as formas se esgarçavam. Mas restavam as cores, vivas, cortantes. Assim como os cheiros, dos muricis-da-praia, dos cajus, das pitangas – ali devia ser o pomar da fazenda.

O velho mandou os cativos armarem a rede, abrirem sobre ela ramagens de sombra, buscarem uma cabaça de água não corrompida pela inhaca, e deixou-se ficar. Parecia dormir, mas com os velhos nunca se sabe.

Não estava tão ruim aquela incursão. Havia o mistério, claro, mistério para ninguém botar defeito. Mas contava igualmente o prazer de escapulir, quebrar a monotonia, descobrir... Vista daquele vértice a província do Rio Grande adquiria um certo encanto. Era como a atrevida ponta nordestina de um país inteiro, desembestado e desmedido. Exceto o também imenso deserto oceânico, tudo mais ali era Brasil, em todas as direções, por muitas centenas de léguas.

Igualmente interessante aquele menino, Moisés. Depois que por fim destravara a língua, revelara-se. Descrevera a matança como se fosse gente grande. O sangue, os urubus, a matilha de onceiros... Ali trabalhavam os olhos, mas também os miolos, encabritados e indóceis. Nada mau.

Então o menino subia o morrote, chegava perto. Em seguida vinha da rede a instrução:

— Conta.

— Parece que os animais morreram de ferro, meu senhor. Agora vi um rosilho com o pescoço espichado e o corte naquele pescoço só pode ser corte de ferro — machado, foice, facão, espada ou sabre.

— Tens certeza?

— ...

— Então já estás errado. Se tens certeza, já começastes errando. A certeza é a mãe da ignorância. Só a dúvida gera ciência. Volta lá, espia, duvida, torna e conta de novo.

O velho se impacientava com os relatos. Lançava-se em inquirições, enervava-se, atropelava as respostas, sacudia a cabeleira, todo rabugices outra vez. Belo jeito de um ancião desterrado jogar fora um dos parcos dias que lhe restavam!

A tarde começava a espichar sombras. Aos poucos, a fetidez galgava o morrote, derrotando a brisa marinha. Deram três horas e ninguém ousou cear da marmita. Em compensação, o menino ia se adestrando na tarefa de escarafunchar o terreno, descobrir o que havia e relatar o descoberto. Passou à casa grande. Enfiou-se pelos fundos do quintal. Desta vez, ao tornar, vinha com uma grande gamela de pau, por certo surrupiada da cozinha.

— Um menininho... morto.

— Onde o achastes?

— Lá atrás, perto do córrego, já beirando a lagoa. Pelas marcas parece o espojadouro dos porcos.

— Há outros corpos?

— Não achei não senhor.

O velho baixou a vista para a gamela, fungou, resmungou, matutou e ordenou:

— Ache algo que tape a gamela. Não quero que os jangadeiros se apavorem ainda mais.

Atracaram no Canto da Ribeira junto com os últimos restos do dia. Pouco depois, o menino disparava pela Rua Grande levando um recado para o capitão Raposo:

> "Ali há coisas, sei que as há, só não sei quais são. Posso investigar, mas preciso ter como. Faça Vossa Senhoria o obséquio de desentocar e mandar trazer alguém que trabalhe na fazenda. E de enviar sem falta um próprio expedito a Goianinha, requisitando, no interesse da Verdade e da Justiça, os óculos do padre Montenegro — com promessa de devolução. É bom ter pressa. O tempo conspira contra nós."

No papel, por baixo da bem-comportada letra do menino, uns garranchos davam a entender que o velho assinara e agregara talvez alguma ilegível fórmula de cortesia.

• • •

Naquela noite, dois *próprios*, mensageiros a pé, deixaram a Cidade do Natal. Um varou o Potengi e seguiu para o norte, com ordens de vasculhar a parentela da caboclada do Genipabu, trazendo um deles na volta. O outro rumou para o sul, pela estrada velha das boiadas, na demanda de Goianinha. Este tinha pela frente um estirão de nove léguas bem medidas e por isso achou bom ser de noite — porque a noite, se há lua, é a hora mais fresca e rendosa de se andar. Ninguém diria que ia avexado ao ver a cadência de seu trote cadenciado, curtinho, certo e contido, obediente a todas as leis do menor esforço. Naquele chouto deixou o Natal e no mesmo chouto alcançou a Goianinha. Não se deteve nem na hora de verter água ou comer a paçoca de guerra que levava no embornal, nem quando caiu uma chuvinha comprida, que naqueles sertões chove mais à noite. Chegou ao raiar do dia. Cumprindo ordens, mandou tirar o padre da cama. E em seguida desabou de cócoras por baixo do chapéu de couro, imóvel como um pé de pau, poupando cada átomo de energia do corpo mirrado e curtido. Só levantou, por respeito, para pedir a bênção quando o vigário assomou à porta estremunhando. Tirou do saquinho o recado do capitão requisitando os óculos. Ensacou por sua vez o precioso par de vidros, entregue com recatado contragosto pelo bocejante sacerdote. Outra vez de cócoras, aceitou um café com beiju. Limpou os beiços com as costas da mão, pôs-se de pé e ganhou de volta a estrada, na mesma carreirinha, cobrindo com esmero cada pegada da ida.

Padre Montenegro voltou ao aconchego dos lençóis. Ao despertar, alçou a mão direita para a mesinha na cabeceira do leito, apalpou num gesto mecânico o rosário com o crucifixo, o candeeiro, a moringa, o copo d'água com a dentadura de porcelana — pois o sacerdote era do partido das modernas coisas que facilitam a vida — e sentiu que faltava algo. Não perdeu tempo. Logo após o desjejum feito às apalpadelas, mandou chamar outro *próprio*, goianinhense:

— Irás ao Natal e te apresentarás ao capitão Raposo, com minhas melhores recomendações. Dirás que tens ordens de aguardar a liberação dos óculos para trazê-los de volta. Lembra-te, na ida e na volta, que não há outros em toda a província!

Capítulo 9

Onde a menina grimpa o sertão bravio da Borborema e só foge, entre tantos, de um perigo

Maracaboia se ajeitou na laje escura para roubar todo o calor da pedra e do sol que se punha. Era surda e quase cega. Sabia do mundo pelo calor. As fossetas de um par sobressalente de cavidades faciais delatavam-lhe as mais ínfimas variações de temperatura. Por isso ganhara o apodo de Quatro-Ventas. Agora mesmo sentia que um bicho de sangue quente aí vinha, devagar, ladeira acima.

A cabecinha triangular pousou na ponta da rocha mais próxima da vereda, parada. Nenhum sibilo escapava das maxilas desmedidas que se rasgavam até a primeira vértebra da coluna. Mal se percebia o par de longas presas, agora retraídas, só deixando de fora as pontas amareladas por uma longa vida a destilar peçonha. O corpo de bem uma braça de comprido aquietou o refinado desenho de losangos pardo-escuros orlados de quase-branco sobre um fundo pardo-médio, enroscado num também geométrico sobre desenho em espirais. Na ponta da cauda, os muitos anéis do guizo denunciavam muitas trocas de pele, muitos anos de existência, incontáveis tocaias silenciosas, mas tampouco se mexiam ou deixavam ouvir seu cavo chocalho.

Maracaboia era a avó de todas as serpentes daquele sertão.

Dentro do ventre enovelado da cascavel, o calor da pedra terminara de chocar um ovo flexível e úmido. Dele saiu um bichinho esguio que serpenteou até a cloaca da mãe e ganhou o sol. Não chegava a um palmo e meio, mas mostrava no dorso o mesmo desenho losangular, apenas mais vivo e brilhante, feito de recém-nascidas escamas que faiscavam como joias. E já segregava seu veneno. Dentro do corpo materno, outros trinta e um ovos fabricariam nas próximas semanas outras trinta e uma Maracaboias-mirins.

A cobra grande continuou quieta, empedrada. Apenas a língua deslizou para fora da boca, vibrou e ao retrair-se trouxe uma miríade de partículas microscópicas que vagavam no ar. Decifrou-as com um órgão sensitivo equidistante entre o olfato e o paladar e aí retesou sua imobilidade: Sentira o gosto-odor de seu inimigo ancestral — pior que a seriema corredeira ou a agourenta cauã de bico afiado: o bicho-homem.

A menina Ana Rita deu outro passo morro acima. Há alguns dias carregava aquela trouxinha de pano, que por fim escanchara nas cadeiras à moda das negras minas. A roupa de fato se esfrangalhava toda, a começar pelos sapatos. Os peitinhos adolesciam, pojavam e doíam, como doíam os pés e o ventre. Vinha comendo pouco e mal, como os pedintes e os bichos, do que esmolava ou furtava à beira do seu caminhar. Porém, à medida que ela grimpava a serra, escasseavam os arraiais, as fazendas e o de-comer. Criada nas quatro paredes da redoma do seu lar, afeita apenas aos bilros de fazer renda e à suave cozinha dos doces do reino e da terra, nem saberia tirar partido das ofertas de comer que o sertão lhe fazia — pau-branco, velame, pinhão, mofumbo, catingueira. Há dois dias, na Serra da Tapuia, um almocreve compadecido desatara do arção da sela e dera a ela o seu alforge quase cheio de boa paçoca bem pilada e ainda tenra, farinha, carne seca e rapadura: era o que lhe valia.

Mas estava claro que naquelas quebradas não abundariam almocreves generosos. A vereda que subia já não mostrava os gravetos flocados de serra abaixo, indicando a passagem das tropas carregadas de algodão. À mão direita, serra abaixo, ficava o sertão mais ameno do Seridó com seus pastos de panasco e mimoso, boiadas e currais, mas não ali. Ali eram as encostas da chapada da Borborema, nome tupi que quer dizer terra sem gente, o deserto, a selva, as brenhas do sertão brabo, morada de bugres e feras. As quebradas de serra se precipitavam em socavões escuros, bocainas, mofumbos. Nos altos se amontoavam as lapas fervendo ao sol. E os pés-de-espinho: sarjadeira, amorosa, xique-xique, quixabeira, cardeiro, favela, jurema, coronheira, calumbi. Por baixo rastejavam espinhentíssimas a cumbeva e a coroa de frade. E por cima o facheiro imenso de seis braças erguia as florzinhas brancas nos braços de candelabro, sumarento, mas espinhoso também.

A trouxa mexeu-se. Do meio dos panos saiu um chorinho miúdo, mais desconsolado ainda por soar naqueles ermos. A menina puxou para fora da trouxa um pedacinho de gente a pedir comida, olhou à volta, sentou na sombra de um juazeiro copado e ofereceu o peito dolorido ao rito imemorial do de mamar.

Na laje ensolarada, dois passos atrás, Maracaboia armara em silêncio seu bote. Os viperinos sentidos sopesavam os cheiros, temperaturas, vultos e seus movimentos, a seguir processados e reprocessados em complicado cálculo de custos e benefícios. Não entravam nele razões ou sentimentos, nem mesmo os da maternidade, mas unicamente as dimensões do perigo. Violada uma certa fronteira invisível, o chocalho faria soar seu maracá de guerra. O bote partiria na certeira direção do calor hostil. As presas cravariam como setas o ponto mais cálido daquele bicho-homem-com-cheiro-de-leite. E a peçonha faria seu trabalho, com uma virulência multiplicada pelos muitos anos de vida da avó de todas as serpentes daquele sertão. Não seria a primeira vez nem a segunda, nem a décima-segunda.

Maracaboia-mirim reproduzia em miniatura o mesmo processamento. Recém-vinda ao mundo, não tinha nenhuma memória, nenhuma referência afora as que herdara no código da horda dos crótalos. Ágil, irrequieta, carecia da confiada pachorra das cascavéis adultas. Porém o cálculo de Maracaboia-mirim incluía a informação de que as glândulas secretoras de veneno mal haviam iniciado seu trabalho, em seu primeiro dia não venceria sequer bichinhos de calor miúdo, que diria aquele bicho grande da pedra na sombra.

A menina terminou de amamentar, devolveu a criaturinha à trouxa, levou à boca mais um punhado da paçoca, ficou de pé, olhou para cima, reuniu coragem e recomeçou a andar. Também ela agia guiada por uma sensível balança intestina de pesar perigos. A sua, porém, continuava a empurrá-la para cima e para longe, bem longe do Genipabu.

• • •

O homem que chamavam Johan Christian Tollerane-Voight não avistou a cobra. Várias braças atrás e abaixo da menina, mais adivinhou que viu o rito da amamentação. Quando ela seguiu caminho, esperou um pouco e foi outra vez atrás. Já não temia tanto ser surpreendido a persegui-la, embora seu cabelo louro como uma espiga de milho faiscasse de longe no cinzento da caatinga. Aquela menina — menina danada! — nunca olhava para trás.

Ele lembrou dela acordando e comendo da paçoca, era uma lembrança boa, mansa, limpa, calma, fresca. Durante a noite, velara sua perseguida a uma prudente distância. A menina Ana Rita dormia tão leve, qualquer movimento da trouxinha a punha de alerta, furando a escuridão com os olhos. As pessoas têm tantos medos...

O homenzarrão batalhou para espichar o quanto mais aquela imagem. A lembrança puxava uma outra, nevoenta, quase desaparecida, mas também feminina, suave, perfumada, que sua mente não lograva trazer à tona.

Depois ele esgaravatou a memória em busca das cenas do presépio e das cavalhadas, na festa do Divino Espírito Santo. A menina defendera a ala do cordão encarnado. Nem era talvez tão bonita, antes pequena, delgada, com olhos espetados de pastoril espanto. Mas tinha estampa, presença, e uma voz que mesmo também pequena ganhava a praça, sujeitava as pastoras rivais, azuis, e as camaradas, vermelhas, os instrumentos da bandinha de música e o guiso dos maracás.

Depois, na cavalhada, ela fora de novo a rainha. O mais novo dos Barachos, Daniel, erguera a aguilhada e esporeara a montaria para espetar na carreira a argolinha de cobre pendente de um cordão e presenteá-la à irmã. Errara, por pouco, o ferro da guiada chegara a triscar o anel. O corcel tordilho ainda alvoroçado sapateara as finas patas na areia do entardecer.

Então outro contendor se adiantara: um forasteiro magrelo, pernambucano, parece, montando uma potranca zaina. Posicionara-se, batera de leve na cernelha da égua, ela partira a galope, ele se erguera de cócoras sobre a sela, ninguém nunca vira coisa assim, só então apontara a guiada para a argola que ainda bailava no ar. E acertara! Um murmúrio de assombro percorrera a assistência. O forasteiro conduzira a montaria no passo, baixara a aguilhada e a cabeça, numa pequena mesura, entregara o aro a Ana Rita. Esta prendera a argolinha numa fita de cetim do vestido amarelo e esboçara meio sorriso. Até doía na vista ver o garbo dos dois: pareciam anjos, santos de estampa, ninguém cogitaria mais belos.

Na tarde do outro dia, de seu refúgio na areia, o pedinte divisara de longe o forasteiro com sua poldra zaina rondando o Genipabu. Vira outro dos irmãos Baracho, também montado, interceptar e enxotar o moço, após uma curta troca de palavras. Mas ele voltara...

O homem que chamavam Johan Christian Tollerane-Voight fez força para que a imagem balsâmica da festa de cavalo retornasse e enchesse todo o seu ser. Aferrou-se nela como o possesso no seu exorcismo, esperançoso de assim expulsar as outras lembranças, más, medonhas, da própria fome, da própria sede, dos próprios instintos e sobretudo dos teiús.

Há alguns dias que o gigante louro não bebia. Seu corpo inteiro clamava por aguardente como se o sangue o abrasasse. A ferida despertara do torpor alcoólico e agora retorcia-se ao sol, comprazida em fazer de cada pústula e cada ninho de berne uma tenaz a torturar aqueles nervos em ruínas. Mas o pior eram os teiús, teiú-açus, imensos lagartões chifrudos preto-azulados rajados de amarelo-vivo, por certo venenosos, que ladeavam sua marcha, ao alcance do rabo-do-olho, sempre maiores, mais numerosos e sorridentes, de um réptil, maligno sorriso de muitos dentes pontudos e peçonhas. Às vezes o homem que chamavam Johan Christian Tollerane-Voight dizia para si que não seriam bichos de verdade, só desvarios, sonhos maus, delírios, mas a seguir batia os queixos do pavor de pensar em um teiú que lhe arrebatasse a menina. Isso não!

Capítulo 10

Onde se conta da soberba dos Barachos, do povo que só tem o toré e outros cacos de verdade

D*as* Confissões de Barata:

Passarás agora no papel o que disse esse homem, Lázaro Toré. O prático tapejara achou-o a pitar fumo numa aldeia esquecida Genipabu adentro. Que triste fim de uma raça!

Pois ele pertence ao povo pancararu — um povo inteiro, que teve língua, ritos e deuses e crenças, história, velhos costumes, pátrios territórios de caça e caju no sertão do Siará-Mirim, um jeito próprio de ver o mundo e explicar-se nele. Vieram o entrelopo francês e o soldado batavo, o jesuíta de catecismo em riste, o mameluco paulista predador de índio, o boi, o vaqueiro e o senhor de sesmarias. Todos o pisaram. Todos o contaminaram. Todos o afrontaram e humilharam e escravizaram e apavoraram e aparvoaram. Ele resistiu como pôde, dizem que até coligou-se aos janduim e brandiu tacapes na Guerra dos Bárbaros. Mas, vencido, foi se desmilinguindo. A tribo ataperou-se, as aldeias viraram reles arraiais sertanejos desses de povo algum. Perdeu os reis e sacerdotes, as esperanças e ódios de povo. Aos poucos perdeu a língua, toda uma língua trazida da noite dos tempos, confinada à falha memória de uns índios velhos, depois a um solitário ancião já sem ter com quem falar, e então morta, enterrada, extinta. Nunca mais se ouviu ou ouvirá um conto, um canto, um discurso, uma prece, um acalanto em pancararu.

De tudo que era aquele povo só sobrou um solitário vestígio, uma dança — o toré. Em noites de lua essa gente se ajunta à volta do terreiro, agita maracás, revoluteia aos pares, sapateia o chão com força e puxa um canto salpicado de palavras que ninguém mais entende, cada vez mais gastas e disformes em suas bocas sem dentes.

Pois nosso depoente, que da dança tomou o nome, é meio palafreneiro e meio pau-pra-toda-obra dos Barachos: um caboclo manso, jovem, um matuto como outros, de pé descalço, roupa de algodão cru, chapéu de palha e fala arrevesada, um farrapo do que um dia foi o povo pancararu. Ele assentou naquele mocho e devagarinho foi soltando seu relato.

Passo por alto o que já sabemos: sesmaria de muitas terras, família antiga, currais de gado e criatório de bons cavalos. Também ele fala muito do garanhão baio de crinas claras.

Inácio Baracho é homem entrado em anos, mas ainda rijo e seco, com todos os dentes e os cabelos, grandalhão. Ao que entendi, não *nasceu Baracho, vem de outra parentela, das bandas do sertão do Icó. Entrou na família pelo casamento, adotou o sobrenome e por assim dizer se abarachou. Hoje é o patriarca da estirpe. Tem patente de coronel da Guarda Nacional, mas não se mete em políticas além do inevitável. Leva um viver austero e retirado, mas muito altivo em todas suas presunções. Economiza palavras, mormente depois de morta a esposa. Só apeia de seu hermetismo se o assunto for cavalos. É um desses senhores do baraço e do cutelo, talhado à imagem dos patriarcas do Velho Testamento.*

Os seis filhos já foram oito: Eliseu morreu menino, de febres, e Ezequiel de um corte de espinho que a gangrena arruinou. Vivem Samuel, Elias, Davi, Isaías, Jeremias, Daniel, todos batidos na mesma dura forma do pai. Basta ver os nomes, tirados na estrita ordem dos profetas, nem tanto por devoção às Escrituras mas por puro aferro à ordem das coisas e gentes. São uns latagões taciturnos como o velho, embora Daniel leia livros e faça versos. Tratam das lides mais nobres com a cavalhada, deixando aos vaqueiros a faina nos currais de gado. Cavalgam, domam poldros, duelam, caçam onças e negros fujões. Os dois mais velhos se alistaram na tropa que deu combate à Cabanagem no Grão-Pará. Voltaram este ano com um troféu de guerra que muito impressionou o depoente, três colares de orelhas secas de cabanos passados nas armas. É assim, sombria e conveniente, a contabilidade que praticam naquela guerra selvagem: cada par de orelhas é um revolucionário a menos.

Há ainda a filha mais nova, Ana Rita, dezesseis anos, guardada na camarinha, caseira, calada, a única mulher na casa grande afora as cativas. Os cabras de serviço da fazenda sobem a mais de uma dúzia sem contar as crias, como convém a senhores da terra. À roda da sede ficam os ranchos dos pancararu, um arraial pobre e feio, ínfimo lugarejo enfeudado ao domínio dos Barrachos.

Todos, filhos, filha, criadagem, cabroeira e escravaria vivem às ordens do coronel Inácio Baracho, senhor do Genipabu. Se desobedecem, ou obedecem sem a eficácia e presteza devidas, ele não se avexa ou ergue a voz, sequer os olhos. De sua cadeira de balanço com encosto de palhinha, indica com meio gesto a parede onde fica enorme panóplia de látegos, chicotes, rebenques, muxingas e chibatas, franças, vergalhos e azorragues, sempre aos pares, em perfeita simetria. O culpado aí já sabe: baixa a cabeça, vai até o canto do quintal onde cresce a moita de pés-de-marmelo, escolhe uma vara do tamanho certo, desbasta a ponta e as folhas, com a faquinha que já está *previamente pendurada num galho do arbusto, leva-a ao senhor e se agacha com as costas à mostra para a devida punição. Se grita ou geme, a dose dobra. Se verte uma lágrima, triplica. Não há paixão ou ira no castigo, só o austero exercício do castigador a eito, aprendido de Deus-Pai.*

Pois trasanteontem, na boca da noite, o senhorzinho Samuel fez soar o sino no pátio e quando os moradores acorreram o senhor Inácio surgiu no alpendre — vestido, enchapelado, de armas cruzadas na cinta — e disse que era para todos saírem, irem embora, já-já, que não queria ninguém no Genipabu, depois mandava buscar de volta, mas agora que se fossem. Disse e entrou na casa, sem mais.

Aquela gente ficou um minuto pasma, mas só um curto minutinho, que ordem se cumpre, não se discute. Logo estavam entrando e saindo dos ranchos numa azáfama de formigueiro que o boi pisou, socando restos da ceia na matula, arregimentando a filharada e os cachorros, tirando da cama os doentes, arriando as montarias se as tinham e pondo o pé na estrada. Só para lá da lagoa se juntaram e resolveram aonde ir, à aldeia de uns parentes no Graçandu. Era noite fechada e acenderam archotes de facheiro. Partiram em marcha batida e chegaram ao raiar do sol. No correr da retirada, e no outro dia, e depois, em vão ruminaram e assuntaram entre si o porquê daquele êxodo. Também confabularam longamente sobre o que haviam de fazer: enviarem um batedor de volta? Quem? E como? Às claras, batendo palmas e gritando ó de casa à porta da sede? Ou escondido pela noite, rastejando entre as moitas, espiando pelas gretas? Para cada sugestão nasciam três objeções. Como o povo do Graçandu é hospitaleiro e também dança o toré, foram ficando, até porque ordem se cumpre, não se discute.

Espicacei o homem para ver se mais sabia, usei astúcias de polícia, inquisidor e jornalista. Por fim, convenci-me: ele disse o que sabe sem mentir nem inventar além do que é de praxe ao se contar um conto. Aqui temos mais um caco da verdade.

• • •

Bateram à porta. Dona Joaquina atendeu. Era o *próprio* de volta de Goianinha, com quase vinte léguas de marcha nas costas, muita poeira nas vestes e o par de óculos no saquinho de algodão. Tirou dali a armação metálica com os vidros, ergueu-a com as duas mãos, compenetrado, como um padre o ostensório. Olhou-a com vagar, muito cônscio da grave responsabilidade que recaíra sobre seus ombros ao transportar por meia província uma coisa assim rara e frágil. Só aí deu-se conta do tamborilar impaciente dos dedos de Barata no pano da rede. Entregou a encomenda, mastigou umas desculpas, deu meia-volta e bateu em retirada.

A tarde começava a cair. O velho fitou por sua vez os óculos, revolveu-os nas mãos, bafejou as lentes e esfregou-as na varanda da rede, num gesto antigo, só então encaixou-os no nariz. Pestanejou, levantou, olhou em volta, de longe, de perto. Nada mau... Realmente, nada mau... Nem seria sensato esperar mais de óculos pilhados a esmo, exemplares únicos e portanto sem rivais em toda a Província. Além do quê, há muito se esmaecera a memória de como era a vista com os outros, os seus óculos de casco de tartaruga, espatifados por pura maldade numa manhã do cais recifense.

— De pé, menino. Vamos ver o que tens em tua gamela do Genipabu, antes que o mau cheiro nos enxote.

• • •

Das Confissões de Barata*:*

Escreve, menino. Não haveria tino em parares de escrever, só porque ganhei uma visão de empréstimo. O vigário de Goianinha há de ser homem devoto do adágio — Seguro morreu de velho, desconfiado ainda vive —, pois já tenho à porta o próprio *que ele enviou para carregar as lentes de volta. E nem eu me atreveria — ai de mim! — a gatunar assim uma vista que não é minha. Desfrutarei deste presente do destino. Enxergarei mais uns minutos. Aí, devolverei os óculos e voltarei ao nevoeiro.*

Fizemos ontem uma necrópsia. Em meus anos de Coimbra, nós a fazíamos em porcos, pois o zelo da Santa Religião não permitia que se usasse corpos humanos. Só em casos muito especiais e com o expresso consentimento do Tribunal do Santo Ofício. Alguns colegas afoitos chegavam a furtar cadáveres em macabras incursões noturnas aos cemitérios, para que com as inconfidências dos mortos fizéssemos viver a ciência.

Mas isso não vem ao caso. Escreve apenas que a tarde já caía, tivemos de trabalhar no quintal para aproveitar o fim de dia e fugir da fedentina. Ao final operávamos à luz de candeeiros, assistidos por uma plateia de cães e porcos, para não falar das moscas. Dadas estas condições adversas, convém antepor ao que escrevermos um prudente ponto de interrogação preliminar — ¿ — à moda dos castelhanos.

Que temos? Um corpinho humano, provavelmente natimorto; uns restos de placenta; e dois cordões umbilicais.

Um cadáver masculino, muito miúdo, mas bem formado. Para meu assombro, não mostra sinais de mordidas e bicadas como as carcaças dos cavalos — nada além da comum corrupção de qualquer morto na beira úmida de um córrego destes trópicos. Seu estado deixa supor que morreu mais ou menos junto com os outros.

Eu diria que é branco, se é que alguém no Brasil pode dizer quem é branco ou mulato ou caboclo, tamanha a mistura de sangues diferentes, vinda desde a Europa com a copiosa mourama d'África que longamente se cruzou pelo Alentejo e Algarve. Direi assim que é um branco brasileiro, querendo dizer que é aquilo que o comum das gentes daqui acredita ou finge acreditar ser branco.

É como eu dizia nas Cortes de Lisboa: nosso país será inteiramente desgraçado enquanto vigorar a hierarquia e aristocracia das cores. Copia aí o que eu disse, menino:

> *"Os mulatos, senhor presidente, cabras, crioulos, os índios, os mamelucos e mestiços, são gentes nossas, são cidadãos muito honrados e valorosos".*

Propus que todos tivessem iguais direitos de cidadania. As galerias lusas da assembleia me apupavam. Até um conterrâneo, Luiz Paulino Pinto de França, também deputado pela Bahia, levou o atrevimento a tal ponto que tive de empurrá-lo escadaria abaixo. E enquanto ali se gastavam palavras, os infelizes, portugueses e brasileiros, morriam e morrem de fome ao desamparo.

No Brasil não se sabe bem quem é ou não é branco, quem é ou não é mulato, quem é ou não é caboclo, porque, mulatismo não sendo senão mistura de dois sangues diferentes, bem poucos serão os que descendem inteiramente de dois sangues europeus. Nosso país só sofre com o despotismo das cores. Portanto, união e mais união de todos os brasileiros em geral, quer desta, quer daquela cor.

Foi o que clamei no Sentinela, *enquanto pude.* O Sentinela *nada queria pôr em movimento se não a razão, a razão e nada mais. Alerta!... Brasileiros alerta!... o* Sentinela *incansavelmente bradava. Mesmo das mais escuras masmorras, e não foram poucas. Postado nas fileiras da verdadeira liberdade, tendo por timbre e brasão a Constituição e a Pátria, e nada temendo em defesa da Nação, da Lei, e da aniquilação da tirania. Brasileiros, alerta! Não continueis nesse criminoso indiferentismo! Vós conheceis os perversos, os ambiciosos e os intrigantes!*

Valeu a pena? Haverá, um dia, quem folheie aquelas páginas desabridas e dê ouvidos ao brado que continham?

Perdi-me divagando, coisas de velho. Voltemos ao nosso mistério. Este menininho foi o único cadáver humano que achamos. E onde? No espojadouro dos porcos! Portanto, temos aqui mais um retalho de verdade. Contudo, por mais que eu moureje não atino como emendar estes fragmentos e sequer esboçar a chave do enigma. Quando muito, até onde pode ir o humano discernimento, diviso umas quantas perguntas — o que já não é de se jogar fora, pois uma boa pergunta há de valer bem meia resposta:

Quem matou o menino? Como? Por quê? E antes, quem teve o menino? E o outro — pois não há cordão umbilical sem uma cria em uma ponta e sua mãe na outra? A mãe morreu? Se vive, onde? E se forem mães? E o pai, ou pais? E quem matou os animais?

Se encerramos por aqui e por enquanto a coluna dos nascimentos e mortes, podemos abrir ao lado a dos desaparecidos: Onde estão os Barachos? Morreram? Foram mortos? Fugiram? Levaram o garanhão baio? Por quê?

Ainda no rol dos desaparecimentos surge agora outro. O capitão Raposo mandou-nos um factótum para informar da novidade: também a três dias evadiu-se da cidade certo indivíduo que chamam Johan Christian Tollerane-Voight, um mudo pobre de espírito, pedinte no cruzeiro da Matriz, sempre embriagado, mas dono de força de ciclope. Para o capitão, tudo já vai se ajustando. O Hércules ébrio bem seria capaz de obrar sozinho a matança. Sem família nem fortuna ou nome, sem razão ou voz sequer, será o mais perfeito culpado. Seu único defeito é andar sumido, mas já percorrem a província à sua caça, na certa com uma grossa embira para o pendurar no primeiro galho grosso. Até vejo o capitão a brincar com o seu rebenque, todo lampeiro com a solução por fim lograda. Desta vez nem se deu ao trabalho de vir em pessoa, mandou um subalterno, já não carece do velho Barata. Deste lado não teremos mais ajuda, nem próprios trazendo óculos nem escravos de rede à porta. Mandei o factótum de volta com o relato da necrópsia e enviei junto o corpinho, dentro da mesma gamela, para que nosso vigário lhe dê sepultura e descanso.

E eu? Descansarei? Dar-me-ei por satisfeito? Arquivarei o Genipabu com seu enigma? Volverei ao aconchego desta rede e ao ditado destas Confissões *com travo amargo? E se não, como rastrearei a verdade?*

Capítulo 11

Onde fica assentado que a verdade, para ser bem rastreada, impõe o préstimo de um bom rastreador

O velho cessou o ditado. O menino manteve-se a postos, porém já sabia que indagações sucessivas, ainda mais na primeira pessoa, costumavam prenunciar longos silêncios, cismas, não raro, cochilos. Quedou-se a reler os escritos e matutar também, enquanto seguia o rastejar das réstias de sol empoeirado pela taipa da parede. Passado um tempo levantou-se, conferiu que o velho dormia e saiu para a rua.

Uma hora depois apontava num arrabalde do Natal adormecido onde o Potengi faz a curva, lugar de sítios e capoeiras: era Nau do Refoles — nome remotamente parecido ao do pirata francês Jacques Riffault, que naquela curva se acoitava, um quarto de milênio atrás. Moisés contornou, a prudente distância, o barracão de palha onde as autoridades mantinham em quarentena os pobres acometidos de varíola. Caminhou rio acima até um cochichó de taipa, meio escondido pela exuberante folhagem de um maracujá-de-cobra. Nos fundos do rancho, uma mulher nova pilava milho, empinando um barrigão de nove meses. Ao lado, sentado no banco de pau à sombra de uma cajazeira copada, um cabra moço, quartau na estatura porém reforçado, costurava uma sela com ajuda da faca e dos dentes.

O sítio era o do Olho d'Água do Brabo. O seleiro, seu morador, Lucas do Brabo.

— B'dia mestre Lucas...

— Bom dia, menino. Como vai o doutor teu amo? Carece de alguma coisa?

— Um pouco melhor, menos desgostoso da vida...

— Aquilo tem mãos santas. Se visses como me curou...

— Conta: como foi?

— Deu-me um inchaço no pescoço. Em poucos dias virou uma papeira. Fiquei seco, pele e osso, não alcançava comer nada, nem falar. Tive febre, febrão. Depois pedi para o doutor me ensinar o nome da doença: "abcesso por supuração da glândula submaxilar direita". Espichado na rede, até achei que vi a morte, de machado de olho no ombro, igual no desfile das almas de São Bartolomeu, com o dedo espetado, dizendo "Prepara-te que eu vou te pegar". Minha Inácia já chorava a viuvez e a orfandade do menino que está para vir. Chamaram o doutor Barata e ele veio, pelo rio. Olhou de um lado, olhou do outro, mandou abrir a boca. Abri. Só de abrir, doía. Ele forçou minha língua para baixo com uma cana fina e espiou para dentro mexendo com um espelho para ter mais luz. Tirou do embornal uma garrafinha, de vidro, veja só, e mandou beber. Bebi, era aguardente. Mandou deitar, neste banco mesmo. Deitei. Então puxou uma faca fina que nem quicé, só que afiada como ela só, chegou bem perto, olhou de novo, apalpou, aí passou a faca. Na mesma hora saiu aquele pus grosso, feio, até fedia. E a dor serenou! O doutor foi apertando, primeiro de leve, depois mais forte, até sair aquela estrumeira toda. Então passou alvaiade, disse para eu não mexer e ficar na rede. No outro dia eu já estava em pé, comi uma cumbuca de jerimum com leite, era outro homem. Ele veio outra vez, olhou tudo de novo e disse que eu ia ficar bom. Dito e feito. O mondrongo secou, sumiu, sarou. Hoje eu vejo que nasci de novo naquele dia. Tenho uma dívida grande com o doutor Barata. Levei a ele uma sela gineta toda entrelhada — tu lembras, já estavas lá — mas ele não tem montaria para selar. Levei um cesto de juás, jacás, quixabas e umbus muito doces, mas foi mais um agrado que um pagamento. Estou devendo.

— Tu és rastreador...

— Sou. Posso dizer que sou e até dos bons...

— Pois escutei o doutor meu amo dizer que precisa de um rastreador. Um bom.

— Teu amo? Para quê? — Lucas do Brabo refitou o menino. Exibia espanto no rosto largo, de dentes fortes e brancos, pele picada pela bexiga por baixo do chapéu de couro de abas curtas e barbicacho solto. — E logo agora? Olha só minha mulher Inácia: é o nosso primeiro filho, está nasce que não nasce, pode ser coisa de horas. Não dá...

O menino explicou-se longamente. Parecia que destravara de vez a língua. Já era quase hora da ceia quando tornou à casa, sorrateiro como saíra.

• • •

O sino no olho direito da frontaria da Matriz sem torre já ia bater as vésperas quando Lucas do Brabo apontou na Rua Grande. Vinha num cavalinho ruço, bom-meeiro, esquipando tão macio que parecia rede de balanço, enxotando areia para os lados. Apeou e bateu palmas:

— Ó de casa!

— Ó da rua...

Don'Ana Joaquina apareceu das profundezas da cozinha, enxugando as mãos no avental. O menino andava na rua, fora entregar uma encomenda de mel-rosado, bom para curar sapinho de nenê novo, e tardava a voltar.

— O doutor Barata...

—Vá entrando! — convidou a voz do velho, aplacando embora sem perder a estridência ranzinza. Quem leva uma vida inteira a medicar cria um laço especial com as vidas que salvou, e Lucas do Brabo, com toda a sua robustez, escapara por algumas horas da morte certa por sepsia. Como se morre fácil nestas terras...

— Doutor Barata... — O seleiro entrou tirando o chapéu para o velho no fundo da rede.

— Como vais? Algum problema? Alguma dor?

— Não, nada não... Mas estava de passagem pela cidade e fiquei sabendo que vassuncê quer rastejar a resposta do havido no Genipabu. Aí...

— Aí?...

— Aí... Aí eu sou rastejador, rastejador de ofício, mais até que seleiro. Nasci e me criei lendo no chão o rastro dos bichos do sertão do

Seridó. Então pensei que é chegada a hora de pagar a dívida que tenho para com meu doutor. O que houver a rastejar, permite que eu rasteje.

— Pois vai, rastreia. Levarás o menino, que está ao par de tudo que quero rastreado. — Nessa hora, como em um teatro combinado, entrou o menino pela porta de fora, com o mel-rosado entregue e uns trocados na mão. — Levarás o menino, eu já não vou. Fico aqui, à espera do que rastreares. Não sei ainda o quanto da vidinha que me resta desejo empatar nesse mistério.

• • •

No outro dia, de manhã cedo, o seleiro e o menino partiram em uma segunda incursão pelo Genipabu. Lucas do Brabo cavalgava o seu ruço esquipador. O menino ia atrás num jegue, que completava a cavalhada do sítio do Olho d'Água do Brabo: um jumento quartau idoso, mastigado e cismático, de um louro fulvo e sem sela, cavalgado no osso – casa de ferreiro, espeto de pau. Foram por terra, vadeando o Potengi e regulando pelo chouto do jegue a viagem de três léguas.

Depois de uma semana, os corpos começavam a secar. Mas o mau-cheiro renitia e enervava as montarias. Os cavaleiros buscaram as vias de acesso à sede, longe dos corpos. Ao chegar ao lugar certo, o seleiro desmontava e caía de cócoras. Então cheirava e olhava ao redor, cada minúscula marca no chão, cada pedrinha e plantinha. Se o vento soprara da praia, a areia fina das dunas se depositava em montículos quase invisíveis, mas sempre da banda de cá. Por que então aquele pé de capim-paturá não tinha areia? E por que suas hastes rasteiras apontavam outro rumo que não o dos irmãos e primos? Ele quedava, pensava, dava dois passos e parava de novo, cheirava e olhava mais um pouco, deixando-se embeber pelos murmúrios daquele pedaço de chão. Bispava. Se sabes ler, pingo é letra.

Levantou, afrouxou o barbicacho e alteou a aba do chapéu, depois o rosto esburacado. Apontou para o norte.

— Por ali seguiu o povo do arraial, como falaste. Desta banda partiu depois uma cavalgada com seus cavaleiros, a meio galope, oito, nove, dez cavalos bem ferrados.

— Dez?

— Dez.

Lucas do Brabo tornou a montar o ruço sem desgrudar a vista do chão e assim seguiu, a passo, campeando. Sumiu por trás de uma duna, demorou-se, repontou meia hora depois em outro canto, sumiu de novo.

— Vem cá, esse menino... — A voz do seleiro vinha de trás de uma touceira de araçá-do-campo.

O menino foi. O sol esquentava o ar e fazia a paisagem retinir em cores vivas, definidas, cortantes. O seleiro se acocorara de novo, numa baixada mais para o lado da lagoa, imóvel, lendo o chão. Mas quando o menino chegou nada viu.

— ...

— Aqui passou alguém. Alguém a pé e de sapato, alpargata não, sapato, um pé pequeno, de mulher ou criança. Ia com pressa, mas fazendo sua estrada pelo pasto, fora de qualquer caminho. Acolá entrou no capim andrequicé, decerto sumiu no capim, que está alto, mas deve ter se ferido se não estava encourado, que o andrequicé é capim de faca, cortador.

Montou de novo, costeando o capinzal, com o menino na cola, no jegue. Retomou adiante o rastro dos sapatos, parou, assuntou, apoiado no arção da sela, imóvel. Só os olhos se moviam pelo chão. Então encostou delicadamente os calcanhares no vão dos quartos do ruço, retomando o campear, trançando por entre os mata-pastos, manjeriobas, carrapateiras, num itinerário de oculta razão de ser. Foi, voltou, foi de novo, apeou, montou, cavalgou. O menino já não o seguia. Sentado numa sombra olhava ora as evoluções do seleiro, ora as águas salobras e escuras da lagoa. O eco da inhaca dos cavalos mortos chegava até ali amortecido como uma lembrança de cheiro. O sol esquentava. O ruço sumiu com seu cavaleiro. Passava da hora do almoço. A paisagem dormia. Movia-se apenas o jumento, peado, caçando pasto.

Só bem mais tarde Lucas do Brabo retornou com a notícia do outro rastro, o descalço, grandalhão.

Retornaram de noitinha. O menino, escolado, fez sinal para esperarem à porta enquanto o velho na rede voltava da sua modorra, pigarreava, apalpava a parede à cata do bengalão, tirava da algibeira a boceta de rapé e indagava o que tinham rastreado.

Capítulo 12

Onde o lanceiro encourado lança sua peia para que a menina vá servir ao senhor da Borborema

A menina Ana Rita grimpou outro cabeço serra acima. Fazia um calor de rachar. As vilas e povoados da Paraíba do Norte estavam longe, Borborema abaixo. Ali eram as cristas da chapada, que alguns chamavam Sertão do Assovio, pelo silvo áspero que o vento extraía de certas rochas. Era um lugar alto, descampado, a terra mágica dos animais das lendas cantadas em todas as feiras — os barbatões de grande fama, o Rabicho da Geralda, o Surubim, o Boi Espaço, a onça pintada, carrasqueira, pequenina, que se acoitava na Serra Negra no tempo de ela menina, o bode de Francisco Antônio Gomes, que para botar na embira ainda não nasceu esse homem, o maligno sapo grande, bicho de reinado, que quando vê bichinho de rabo mata.

Beirando a vereda, uma novilha barbatoa espichada no solo, raquítica e espiritada, arfava forte seu mal-estar. Tentara a fuga, bem que tentara, mas uma mão nodosa havia lhe agarrado o rabo e, com fortíssimo repelão de banda, no contrapé da corrida, deitara ao chão o seu corpo vencido. Peando a novilha pelas mãos, uma corda de embira. Atrás, um cavalinho pé-duro crinudo esperava o cavaleiro. Do lado, uma fogueira chiadeira e crepitante refratava as imagens que passavam por seu calor. Sobre ela um ferro encabado, tendo na ponta já em brasa uma marca de gado, "P" e "V" entrançados. Sobre o cabo do ferro uma mão nodosa, imóvel, coberta no dorso, mas não nos dedos, pelo couro da luva de vista dupla. Emendada na luva a manga comprida de um gibão de couro de veado com o carnal para fora, sem gola, atacado apenas em cima por um botão em nó-de-rosa. Sob o botão um vistoso guarda-peito de pele de jaguatirica, barreado de outro couro e costurado em toda volta com o desenho-do-oito. Sob o guarda-peito um cinturão, com a fivela de níquel a faiscar, sustentando o polvorinho e a chumbeira. Enfiadas em cruz na cinta uma garrucha e uma longa lambedeira, com três palmos de estreita lâmina de dois gumes de aço e ponta fina, enfeitada de prata na bainha e no punho torneado, ambos de couro. Acima do botão uma cara acaboclada e impassível, de barba rala e negra cabeleira, à sombra de um chapéu de couro de aba quebrada na banda esquerda, fixado na fronte pela testeira trabalhada, no queixo e na nuca pelo fino barbicacho de quatro correias. Na mão esquerda a haste longa de uma aguilhada, tendo na ponta não o curto ferro ordinário de tanger bois e sim um bom palmo de aço pontudo. Nas pernas a guarda de couro, de contraforte e bico reforçados em duas peças. No chão um par de alpargatas ainda de couro, cingidas por esporas de longos cachorros ciganos e rosetas feitas com patacas de cobre.

A menina se deteve, mas o lanceiro não deu sinal de vê-la. Ele empunhou o ferro em brasa e o fez chiar no quarto direito da novilha, que estremeceu de dor. Depois passou o ferro para a mão da lança, retirou a peia e meteu-a na cinta, bebeu um gole d'água da borracha de couro amarrada à sela, montou o cavalo e saiu tangendo a rês ainda trêmula.

O cabeço voltou ao silêncio, só a fogueira chiava de manso. A menina restou parada um momento, mudou a trouxa de lado e vencendo relutâncias retomou a viagem.

Andava por um vão asselvajado, no ventre mesmo da Borborema. Longe, à esquerda, ela via o alto araxá da Pedra do Tendó, com seus irmãos menores à volta. Ainda mais à esquerda azulava, quase sumia, o pico ainda mais alto do Jabre. Na outra mão, além do cabeço, jazia uma lagoa rasa, quase morta. Gota a gota ela perdia suas águas para a terra e o céu do fim de inverno sofrível, revelando nos lábios rachados da borda seca uma grossa camada do sal que a matara, branco de alumiar na noite e arder na vista. Por quase uma légua à sua roda o chão era areia, um ermo onde mal medravam cinzentos cumatis. Lugar feio. Fora ali que Satanás perdera a espora. Mas a menina — que menina!... — tocava sempre avante.

Perto de uma hora depois o guerreiro encourado ressurgiu de-repente num quebra-corpo da vereda. Vinha escoteiro, sem a novilha, mas escanchado no mesmo pé-duro, que cavalgava à brida, com estribos longos e pernas estiradas, usando-as mais que às rédeas para guiar a montaria. Trazia a mesma lança, a mesma peia e o mesmo cenho indecifrável. Dessa vez fitou a caminhante, e falou:

— Essa menina vai comigo no Jucá servir ordem de meu amo Pio Pais Velho.

O tom era neutro — como se ele anunciasse que seu cavalo tinha quatro patas. O rosto não moveu um nervo. Só um impalpável jogo de corpo, a feição do piquira e a lembrança da novilha fizeram a menina Ana Rita estacar e estreitar sua trouxa num gesto inútil de defesa.

—...

Ele passou as rédeas para a mão da lança, achegou a montaria, enlaçou a peia no pescoço da menina, atou a outra ponta na argola de trás da sela — tudo ligeiro e perfeito como num circo de cavalinhos. Na cena seguinte, já partia pela vereda no trote curto da montaria, arrastando sua presa serra acima. Nada mais falou.

• • •

O Pio Pais Velho de que falara o lanceiro era pouco mais que um fiapo de lenda, mesmo nos vales borboremenses rente ao pé dos seus altos domínios. Confundiam-no com o pai, com o avô. Não poucos punham em dúvida se a linhagem dos Pio Pais Velho de fato existia ou jamais existira.

Quando o mameluco paulista Domingos Jorge Velho se aboletou nas ribeiras paraibanas do Piancó e do Piranhas, em 1676, trouxe consigo a comitiva: sete índias concubinas; um "língua", que traduzia para o nheengatu do bandeirante as conversas em português; e grossa tropa de homens d'armas – mil e trezentos caboclos flecheiros e oitenta brancos, todos estes com ao menos um costado de rubro sangue tupi. Eles vinham varando sertões desde São Paulo do Piratininga. Guerreavam há anos os tapuios brabos de Pernambuco ao Piauí. Aquelas gentes paulistas eram o que havia de mais guerreiro e enfezado em todo o

Novo Mundo. Andavam descalços. Falavam a "língua-boa", nheengatu. Dizem que alguns deles ainda cultivavam, em segredo, a velha usança aprendida das mães caboclas, de comer carne de gente humana moqueada para dar sustança, valentia e tino.

A selvagem coorte só sabia de guerras e guerreou, por empreitada, para quem lhe pagasse o soldo, fosse contra os bárbaros janduins do Açu ou os negros amocambados na Angola-Janga da Serra da Barriga, que serviam ao rei escravo Zumbi dos Palmares. Por essas e outras, Domingos Jorge Velho granjeou a patente de mestre-de-campo, como eram então chamados os coronéis.

Depois de uns anos os inimigos foram vasqueando de tanto morrerem. Os mamelucos tiveram então que se amoldar a novas lides — de gado e couro. Fincaram currais pelos vales sertanejos, do Piranhas, Piancó, Moxotó, Açu, Cariri, Seridó, Pajeú, onde quase sempre sobravam alguma água e bons pastos de panasco e mimoso. Criaram bois, cavalos e bodes, se encouraram, calçaram alpargatas e aprenderam a falar português. Trocaram as tocaias guerreiras pelo campear dos rebanhos, a seca paçoca de guerra pelo tenro tutano do corredor de canela de boi gordo, batido e escorrido na ponta dos punhais bicudos. Acavalaram as índias tapuias, e uma delas gerou o primeiro Pio — que tomou o sobrenome Velho do presumido pai Domingos Jorge.

Ocorre que aquele Pio Pais Velho não se cingia à vida vaqueira dos vales. Ainda andava descalço, de armas trançadas à cinta, e preferia a língua-boa herdada dos tupinambás. Nas vascas da guerra do Açu, brigou com o pai mestre-de-campo — pela partilha de um contrato d'armas, mas sobretudo por querer comandar outros constantes costumes. Então reuniu os cabras de seu pequeno troço d'armas e galgou a serra.

Foi parar lá em riba, numa borborema, lugar deserto, seco e maninho, mas vasto e desassombrado, onde o sol alumia tão forte que treme na vista. Era o Jucá. Ali mandou erguer seu solar de taipa reforçada e alta torre de pedra e cal, montado sobre um serrote como se fora um castelo, longe da água, perto do céu. Naquelas grimpas cravou seus domínios e sua dinastia.

Os Pais Velho avaqueiraram-se à sua moda: mais caçavam que criavam os bois e bodes, assim como caçaram, venceram e subjugaram os restos do povo cariri da serra. Mandavam ferrar com seu ferro as rezes e às vezes gentes, pelo puro gozo de afirmar seu senhorio. Tudo ali lhes devia vassalagem — gado, miúça, homens e até feras e pedras. Por esconsos caminhos vindos da noite dos tempos, passaram a arrogar-se o *direito de pernada* que a crônica atribuía aos suseranos europeus medievais: dormiam com as noivas que lhes aprouvessem a primeira noite de qualquer núpcia em seus domínios. Serra abaixo, o resto do mundo teria outros usos. Não naqueles vãos isolados por escarpas cristalinas, batidos pela soalheira, onde assobia o vento, corre a ema e esturra a onça. Ali era um reino sertanejo solitário, soberano e sobranceiro. Só se desensimesmava uma vez ao ano, se tanto, quando mandava serra abaixo um cabra com a tropa de burros, levando couros para trocar por ferro e pólvora na feira de São João do Cariri de Fora.

Ninguém sabia ao certo quantos Pais Velho já haviam ali reinado, pois a família chamava Pio a todo varão primogênito, confundindo as gerações e baralhando as contas. O que vivia quando a menina assomou às suas terras já entrava pelos sessenta. Era troncudo e vigoroso, um barba de um homem, de bastos cabelos arrodeando a face inteira como uma grenha de leão.

Muitos anos antes, ainda moço, aquele Pio Pais Velho cavalgava umas cristas distantes quando seu alazão se assustou com um bicho do mato, espiritou-se, encabritou, empinou e deitou-o pedras abaixo com as duas pernas quebradas. Por todo um dia e uma noite o homem tentara atrair o cavalo por meio de longos monólogos maviosos, onde alternava, em voz sempre doce, promessas, lisonjas, ameaças e maldições. O animal, nervoso, circundava o dono sem ousar abandoná-lo nem chegar ao seu alcance. Ao alvorecer, Pio carregara meticulosamente a garrucha, dormira na pontaria sabendo que jogava ali a sua vida e abatera o alazão. Rastejara até ele, sangrara-o, bebera do sangue, carneara um bom naco dos quartos, desatara da sela a borracha de couro com água de beber e assim equipado pusera-se a caminho. Por três dias se arrastara serra abaixo, puxando o corpo com as mãos, que ficaram em carne viva. Na terceira noite chegara ao rancho de um de seus súditos, que deu com ele sentado num canto do terreiro, riscando a lâmina da parnaíba à sua volta para afastar a magra cachorrada assanhada pelo sangue. O cabra o amarrara em cruz no lombo de um burro e assim o levara à fazenda.

Pio escapara. Mas as pernas fraturadas, breadas e estropiadas na viagem de rastros, arruinaram e já cheiravam mal. Um preto velho com artes de curandeiro amputara as duas na altura dos quadris, cauterizando as feridas com óleo de carrapato fervente, enquanto seu amo bebia cachaça e mordia um couro para suportar a dor. Desde então, dois caboclos novos — rebatizados Pé Direito e Pé Canhoto — carregavam seu senhor inválido pendurado por um correame de sola. Também os Pés se renovavam, pois não era fácil a sua labuta, mas tal como o amo conservavam os nomes.

O acidente instilara no potentado sertanejo um solitário receio: ele temia morrer sem deixar geração. Queria fecundar ao menos um outro Pio de seu sangue, que prosseguisse a saga dos Pais Velho naquelas grimpas de serra seca. A mutilação não lhe roubara a potência, a perna do meio permanecia rija e azougada, presta e farta ao verter sua leitosa semente. Porém as fêmeas que acavalava insistiam em não pejar.

Pio Pais Velho deu para alargar seu ancestral direito de pernada. Começou a guardar as noivas não uma noite, mas meses a fio, nas entranhas da casa grande. Servia-se delas dia após dia, metodicamente, com o indispensável auxílio dos Pés que o levavam ao leito e o encarapitavam sobre as fêmeas. Depois, o monarca sertanejo passou a enviar seus cabras de valia num raio de muitas léguas, à captura de moças novas com ancas largas de boas parideiras. Conforme ia envelhecendo, começou a pegar raiva das mulheres que cobria. Algumas enxotou serra abaixo, outras amarrou no tronco, mandou açoitar ou matar. Era um desaire, uma afronta que em tantos anos de laboriosa fornicação nem uma só delas tivesse emprenhado.

Capítulo 13

Onde fica acertada uma viagem aventurosa e Johan Christian Tollerane-Voight liberta-se dos teiús

Barata, sentado na rede, ouviu o relato de Lucas do Brabo fazendo perguntas e remoendo suposições. O pessoal de serviço parecia estar fora do segredo: deixara a fazenda no cair da noite — até então uma noite como tantas, sem mortes de gente ou bicho. Sobraram na sede os Barachos, pai e filhos. Os pés pequenos calçados só podiam ser da filha, assim como o menino morto, e ainda o segundo menino, sumido, mas que deixara o cordão umbilical no espojeiro como prova de sua existência. Os cavaleiros haviam de ser os homens, pai e filhos, talvez com mais alguém, talvez com animais de carga.

— Fala mais do rastro descalço. Era grande...

— Grande demais, abarcava dois do meu, cada dedão de dar medo. Ia empós do sapatinho. Andava e parava e andava e parava. Se andava ia encurvado, caçando as moitas. Se parava era de cócoras, também escondido.

Pés grandes e descalços atrás dos sapatinhos da menina? Então, afinal, o emproado do Raposo podia estar certo?

— Quem foi que saiu primeiro?

— Não dá para saber, doutor. Um rastro não cobria o outro...

— Havia rastros de gente chegando?

— Não reparei não senhor, só o trança-trança de uso numa sede de fazenda.

— Conseguirias saber mais, rastrear outras notícias?

— É muito difícil, doutor. Agora mesmo está armando chuva e basta qualquer chuvisco para baralhar o rastro.

— Irias comigo e este menino à cata dos fugitivos?

— ...

Lucas do Brabo, sentado no mocho baixo, ficou a examinar os próprios pés e alpercatas em busca de sua resposta. Como todos num raio de várias léguas da Cidade do Natal, sabia da fama de encrenqueiro do velho que o convocava. Além do mais sua Inácia esperava filho por aqueles dias, o primogênito do casal. Por outro lado, ele tinha uma dívida a saldar, dívida sagrada, de gratidão à ciência e à generosidade do doutor que o salvara da morte de alva mortalha e machado de olho. Se ao menos o velho tivesse aceitado a sela gineta entrelhada... Sopesou as lealdades contrastantes e ergueu o olhar para a rede:

— Vou. Se o doutor carece, vou.

Só então o velho buscou o menino com o rabo do olho. Não o consultara, nem tinha a menor ideia de como reagiria à proposta da viagem. Nunca se sentira de todo à vontade com a ambivalência da pressuposta escravatura do sarará, ainda por cima conquistada no xadrez. Sendo para ler-lhe, escrever-lhe, prestar miúdos serviços à botica, ainda ia. Já os episódios do Genipabu eram outros quinhentos, sanguinolentos, sinistros, decerto perigosos. Assim, procurava com os olhos, a posteriori e em silêncio, aprovação do escrevinhador para a recém-concebida aventura. Só que os malditos olhos do velho mal mostravam um vulto confuso amoitado no seu canto, tendo por cara um borrão indecifrável sem feições nem sentimentos.

Já o menino tudo viu e adivinhou no relancear do amo. Nos últimos tempos fora aprendendo a detectar os humores deste. Já enxergava por baixo da caturrice de costume. Divisava uma razão irrequieta a medir os passos da sua prisão. E deduzia uma imaginação jovial, contida pelas aparências, mas doidinha por um bom mistério. Então decidiu-se e adiantou-se:

— Se o meu amo quiser eu posso arrumar as coisas...

Pouco depois o menino pediu na cozinha as bênçãos de dona Ana Joaquina. A velha enxugou duas lágrimas na ponta do avental enquanto tratava de se conformar. Nascida na Bahia, terra da freira mártir Joana Angélica e da guerreira feirense Maria Quitéria, escolhera para si um heroísmo diferente. Já fazia para lá de meio século que suportava a cruz do marido, suas quimeras e quixotadas, o duro tributo que lhe impunham. Aguentaria mais aquela. Pior seria ver seu velho mordendo-se e deixando-se morrer numa rede.

• • •

Nos altos da Borborema, cavaleiro encourado de Pio Pais Velho, afeito às coisas da guerra, farejou o ataque iminente e armou seu rechaço em um triz de tempo, sempre sem nada revelar no rosto, quase sem sequer pensar. Fez a montaria voltear sobre si, defrontando o perigo. Empurrou a menina para trás com uma mão, sem soltá-la da peia. Mediu o carrascal enfezado à sua roda, calculou os obstáculos que a galharada opunha ao manejo da lança e abandonou a haste ferrada atrás de si. Empunhou as armas curtas, numa mão a garrucha, adrede carregada, na outra a lambedeira, longo punhal de aço fino furador.

O cavalinho, adestrado e obediente, estacou nos quatro cascos para aguentar o combate. Só os olhos muito úmidos e abertos delatavam o pânico e a reza aflita com que se encomendava ao Deus dos bichos.

A menina tampouco teve tempo de pensar. Apenas apertou a trouxa ainda mais de encontro ao peito e fez um gesto com a mão livre para se soltar da peia de embira.

O atacante saiu de trás de um lajedo rompendo pelo carrascão, quebrando os galhos com o corpo. Até o impassível encourado deixou entrever um lampejo de surpresa ao divisá-lo. As mechas do cabelo e da barba faiscavam ao sol. Os olhos claros, aguados, com duas cabeças de alfinete no lugar das pupilas, fixavam um ponto perdido. A estatura de gigante quase ombreava com o cavaleiro e seu cavalo. E ele vinha de mãos nuas, não tinha outras armas, só as enormes manzorras de manjaléu com os dedos curvados para agarrar e apertar.

O encourado disparou seu tiro a duas braças de distância e teve tempo de ver o estrago que fez. Enfiou fundo a lambedeira no vão da clavícula, lugar certo de sangrar o coração do inimigo. Mas já o gigante se atirava, cego e surdo, derrubava o cavalo sob seu peso e fechava os dedos no pescoço do outro. Os corpos se embolaram no pó e no sangue. O cavalinho escapuliu do enfrentamento, ergueu-se nas mãos e fugiu arrastando as rédeas. A menina livrou-se da peia e recuou com sua trouxa. A lâmina da lambedeira ergueu-se e cravou-se de novo, duas vezes, mas já com escassa energia. Ao passo que as mãos grudadas no pescoço pareciam ter vida própria, arrochando e sacudindo até se ouvir um barulho de coisa quebrada e o pescoço bambear como o de um frango a caminho da panela.

As mãos do homem que chamavam Johan Christian Tollerane-Voight ainda arrocharam e sacudiram por um bom tempo. Nunca antes ele lutara, nunca fizera mal a ninguém com exceção de si próprio. Ainda não estava certo de ter vencido. Por fim seus sentidos se deram conta do fim de toda resistência no boneco de couro inerte ao seu lado. Salvara a menina. Então deixou-se amolecer também, com o corpo espichado, os cabelos louros espalhados no chão duro, a boca deixando escapar um gorgolejo de sangue e os olhos azuis escondidos sob os cílios descorados.

Para sua surpresa, não viu mais teiús. Avistava outra paisagem, há muito esquecida, uma beira de cais antiga e plácida na margem de outro mar muito distante e setentrional, ao cair de outra tarde, com altas casas geminadas, bordadas de flores, deitando fumaça pelas chaminés das lareiras e se espelhando nas águas mansas, sob um chuvisco muito fino, vertical e meio frio. Buscou com a mão a medalhinha de lata ao pescoço, mas não deu conta de alcançá-la. Já não vivia quando a menina se aproximou, ajeitou-lhe a cabeça e passou-lhe as mãos pelos cabelos, agradecendo.

• • •

O menino e Lucas do Brabo consumiram o outro dia nos preparativos da viagem. Dona Joaquina levou a manhã a pilar nutrida paçoca, gorda, bonita, macia e delicada, bem socada no caçuá. Quatro queijos de coalho e boas toras de rapadura completavam o farnel. As roupas e outros teréns, inclusive o estojo de cirurgião do velho e os petrechos de escrever, entraram nos alforjes e matulões de couro, amarrados junto com as redes finas de viagem. Tudo terminou escanchado na cernelha do burro.

O seleiro apalavrou com uma parteira do Refoles, dona Maria das Dores, que ficasse de sobreaviso para acudir Inácia quando chegassem as dores do nascimento. Das Dores era uma sertaneja entrada em anos, encarquilhada e serena. Tivera ela própria dezesseis filhos contados. Dois ainda viviam, homens feitos. Quatorze, as fomes, as caganeiras, bichas e febres tinham levado. Mas era parteira, boa parteira. De mão cheia e abençoada. Conhecia o seu ofício. Inácia ficaria bem.

Lucas também procurou por uma terceira montaria que completasse a equipagem da incursão. Embalde. O modesto pecúlio dos viajantes não lhes permitia completar a cavalhada arrendando um animal. Enquanto os brios de Barata interditavam um pedido de ajuda ao capitão do rebenque. O menino teria que seguir a pé.

Depois do almoço o velho tirou do fundo da canastra grande do seu quarto uma caixa de madeira encerada, olhou-a e abriu o fecho. Sacou de dentro um par de pistolas com engastes de cobre na coronha e os respectivos aprestos de munição. Fitou longamente as armas, apalpou-as, empunhou uma, testou o mecanismo de disparo, deitou tudo de volta na caixa e esta de volta na canastra. Ao tornar à rede trazia um sorrisinho de puro sarcasmo.

— Escreve, menino:

Das Confissões de Barata*:*

Trouxe essas pistolas dos anos de estudo em Coimbra, nos idos de 1790 — a Tomada da Bastilha ribombava pela Europa, até no apático Portugal da rainha Maria, a Louca. Trouxe-as com a segura certeza de que as usaria e contra quem. Mas em 98 meus temerários camaradas de conjura saíram colando os papéis da República Bahiense pelos muros de Salvador, sem nem me avisar; só soube de seus malogrados planos quando dei com a polícia na porta de casa. Em 17 houve revolução, no Recife, e em 20, em Portugal; eu estava na Bahia. Em 22 houve revolução, na Bahia, e eu estava em Portugal. Em 23 cheguei ao Recife e em 24 houve revolução em Pernambuco, mas eu já estava preso na Corte; daquele cárcere assisti também à revolução republicana na Banda Oriental, que veio a criar o Uruguai. Em 31 o Rio de Janeiro sublevou-se, derrubou o imperador, e eu já estava solto, porém voltara à Bahia. Em seguida as agitações liberais pipocaram do Ceará à Bahia, mas já me mandavam de volta à prisão e à Corte. E agora, por fim, os liberais verdadeiros e patriotas pegaram em armas do Grão-Pará ao Rio Grande, do Sul, enquanto eu cá estou, no do Norte, onde só daqui a cem anos, quem sabe, haverá revolução.

Resumo da ópera: tenho estas pistolas à espera faz meio século, sempre na hora errada do errado lugar. Talvez agora fosse a vez delas, mas já não é a minha. Ataquei-os e defendi-me com outras armas. Deixo estas duas ainda virgens, com seus engastes e esperanças, à espera de um outro atirador.

Partiram ao raiar do outro dia.

Capítulo 14

Onde corre a peçonha, Barata conhece seu país e o sábio leproso que tem uma história de amor

Lucas do Brabo descambou para um lado da sela, de molde a olhar o chão sem ter que desmontar do ruço. Já se via que a menina caminhara por ali, Serra da Borborema acima, e descansara sob aquele Juazeiro. No sertão descampado era mais fácil rastrear, nem carecia descer do cavalo para caçar as marcas. Calcou de leve o estribo na ilharga do animal e saiu esquipando.

Por ordem do velho, desprezaram os rastros da cavalhada. Iam atrás dos sapatinhos, mais os pés grandes descalços que os seguiam. De seus donos esperavam a decifração do enigma, quem sabe também a prevenção de um crime horrendo.

O seleiro ia à frente no cavalinho ruço, lendo o chão. Atrás, o velho, no burrico tão opinioso como ele e ainda relutando em emprestar seu concurso à aventura sertaneja. O velho ia assuntando tudo com os fracos olhos entrefechados pelo sol forte, interrogando o seleiro, muito interessado naquele Brasil sertanejo, ardente e espinhento, que ele só conhecia de ouvir falar, pois sempre vivera e penara à beira do mar. O menino a pé fechava a marcha.

Seguiam o ritmo da leitura dos rastros: uma pausa, um esticão no trote, um trecho a passo, uma pausa, um esticão maior na marcha, uma pausa.

De primeiro tinham costeado, de longe, a margem esquerda do Rio Grande, o Potengi. Logo na terceira légua do primeiro dia o rio desmentira o nome, minguara, quase cortara, mesmo não sendo verão. Por onde iam, atrás dos rastros, era a caatinga.

• • •

Maracaboia, sobre seu lajedo, preparou outra vez o bote. Sentia de novo o calor e o cheiro-gosto do bicho-homem matador de cobra. Sem querer, sem pensar, retornou ao complicado cálculo sobre a conveniência de usar as presas.

O ruço não viu nem farejou ou ouviu a cobra. Cavalo de sela e estimação, ia todo imerso na macia marcha que fazia o conforto e o orgulho de seu dono e professor. Se fosse um vulgar reiuno trotão, por certo não teria jogado tão longe a mão direita. Mas era um obediente bom-meeiro esquipador e foi isso que o perdeu. A mão pisou dois dedos além do limite do sagrado território da serpente. O chocalho anunciou a invasão, mas já a cabeça da avó de todas as cascavéis daquele sertão projetava-se como uma mola, fincava o par de presas na mão invasora, esguichava ali o seu farto veneno amarelado e fugia da história pelos finos espinhos das coroas de frade — sem querer, sem pensar, sem maldar, apenas vivendo sempre mais sua viperina vida e as das viborinhas que o sol chocava em seu ventre.

O cavalo, no susto da morte, uma vez na vida passarinhou e, erguido nos pés, deu com seu amo no chão. Lucas do Brabo, bom cavaleiro, livrou-se dos estribos para não ser arrastado, rolou sobre si protegendo os ossos, mas no que rolou deu de cara com Maracaboia-mirim. A vistosa cobrinha, com uma semana, menos de dois palmos e nenhum chocalho de vida, fincou também seus agudos dentes de agulha e inoculou toda a peçonha que já tinha no antebraço do rastejador. Depois fugiu também, pelo mesmo caminho da mãe. Quando o velho e o menino chegaram perto, o bom cavalinho ruço estrebuchava em seu canto. O rastejador sentia a vista começando a escurecer. Simplesmente anunciou:

— Cobra.

• • •

O sol se escondia quando o velho, o menino e o jegue carregando Lucas do Brabo chegaram a uma casa de telha avarandada, meia légua serra abaixo para os lados do Trairi. Nenhum cão acorreu, só, quando bateram palmas, uma preta velha de carapinha branca vinda de um rancho atrás da casa.

— B'tarde.

— Boa tarde. Peço licença para arranchar ali naquela casa de farinha e cuidar deste moço que foi mordido de cobra.

A mulher relanceou os olhos de esguelha para a varanda da casa. Parecia temerosa.

— Tem doença.

— Não é doença, é picada de cobra...

— Tem doença, aqui, doença braba.

— Braba — disse uma voz da porta da casa — mas não tão contagiosa como muitos receiam. Se quereis ficar, sois bem-vindos, se preferis seguir viagem, ide em paz, mas aviso logo, tenho lepra, a gafa, a lazeira, a morfeia, a macota — A voz que vinha da casa escandia cada sílaba num aplicado labor, como se fosse remotamente estrangeira, ao enumerar os muitos nomes da doença maldita desde os tempos bíblicos, enquanto o vulto de seu dono assomava na varanda.

À luz do poente, apareceu ao menino uma cara de suçuarana encimando o corpo presumidamente de gente que o roupão escondia. O homem andava com vagar, manquitolando como um velho que por certo havia de ser, a julgar pela postura e os raríssimos cabelos brancos ainda fincados nas têmporas. O rosto deformado simulava à perfeição um grande felino pardo-escuro puxando para o encarnado, cheio de escamas e pústulas, com olhinhos minúsculos sem sobrancelhas nem cílios nem pálpebras, aguados, lacrimejantes e ausentes de toda expressão. O corpo murcho parecia encolher-se. Só a voz escandida exprimia as boas-vindas.

— Ficamos com prazer — cortou o velho — Sou médico, doutor Cipriano Barata, às ordens de vossa mercê. Bem sei das crendices e pavores que rondam essa enfermidade, grave, sim, mas de difícil e demorada transmissão, ao contrário do que se imagina. Temos um camarada mordido de cobra e carecendo de cuidados. Seria de grande valia podermos arranchar naquela casa de farinha para tratar do pobre homem.

— Ficai à vontade. Barata... Barata... Sereis então o Cipriano Barata do *Sentinela da Liberdade*? Li alguns dos vossos escritos. Fortes artigos, recordo, uma pena bem aparada, como se usa dizer, e bem afiada também. Sou Pascoal de Oliveira Ledo, vosso criado...

— Havendo precisão posso também receitar-vos. Dizem que o óleo de chalmogra...

— Chalmogra!... — A face felina conseguiu simular um muxoxo de desdém. — Já tentei, trouxeram-me do Oriente este azeite de que falais, esperancei-me, decepcionei-me, mais uma vez. Já tentei tudo e de tudo desisti. Um dedo de prosa, se aprouverdes, será o melhor tratamento. Ninguém mais bate a esta porta...

• • •

Na casa de farinha armaram as redes e acomodaram Lucas do Brabo. O mestre seleiro enjeitou o munguzá com leite e os umbus cheirosos que a preta trouxe. Gemia baixo de dor e febre, respirava a custo e nada havia na medicina que o acudisse. O velho apenas mandou o menino descobrir e descrever a picada, soltando um "hum-hum" de comedido alívio ao saber da minúscula distância entre os furinhos intumescidos. "Descanso e paciência", receitou.

Cearam ali mesmo na casa de farinha. Depois a preta trouxe de seu rancho dois bancos de pau que depositou na varanda, a prudente distância da rede do seu amo — mais para não constranger as visitas, pois ela própria já não dava mostras de atentar para os temidos riscos do convívio com o morfético. O menino não sentou, ficou ao pé de um esteio, a respeitosa e silenciosa distância dos maiores. O lazarento escondia o corpo nas dobras da rede e escandia mais boas-vindas em sua vozinha de autômato.

— Abancai-vos, ficai à vontade. É um grande prazer dar guarida ao tão afamado Cipriano Barata. E então contai a este pobre velho enfermo: o que vai pelo mundo lá fora?

— Andávamos no rastro de uma menina, provavelmente com um filho novo, que escapou de uma matança, talvez com um gigante no seu encalço. Parecem coisas de um conto da carochinha, mas são pedaços de um fato real que nos tocou destrinchar para as bandas do Natal.

— E o velho viajante, sempre temerário, esticou para o velho anfitrião morfético a boceta de rapé, recusada com um gesto, antes de provar sua pitada.

— Sim... Uma menina com filho novo, aliás uma filha, duas meninas... Estas vi e abriguei dias atrás, talvez mais de uma semana, que a memória já se me escapa nessas horas sempre iguais. Quanto a gigantes nada direi, pois nada sei. Mas no dia seguinte veio atrás dela um troço de cavaleiros: bem montados e bem armados, porém com grande pavor pela lepra, pois nem chegaram a apear...

— Então a menina, as meninas, de fato existem! Dizei, portanto, como são e aonde foram e onde estão...

— Direi logo, mas não assim. Em muitos longos anos, desde que a doença se acoitou nesta casa, esta é a primeira vez que tenho tantas visitas no prazo de uma semana. Permiti que me aproveite e saboreie uma boa conversa. Além do mais, amanhã, tenho algo a vos mostrar. Depois então, sim, direi tudo...

Os dois velhos se mediram e o forasteiro logo viu que tinha à frente um testaçudo da mesma lavra que ele próprio. Ajeitou-se no seu banco, aceitou um refresco de graviola da preta velha, serviu-se de mais rapé e a conversa entrou pela noite. Só o menino calava. O gafo mostrou-se homem de muitas distintas leituras, relatou com gosto longos casos perdidos, logo se via que há muito carecia de um ouvinte.

Era um Oliveira Ledo, do tronco folhudo dos Oliveiras Ledo que há muito povoavam a Paraíba. Ali mesmo nascido e criado, sua fala mutilada vinha da doença e não de um sotaque estrangeiro. Um dia também fora novo e são. Certa feita, andando além-São Francisco, pela distante Bahia, dera de se apaixonar por linda jovem de uma importante família fidalga daqueles sertões. Como o pai da moça se opusera ao casamento, raptara-a conforme a velha usança e com ela fugira demandando a Paraíba. Nesse ponto o narrador deixava a prosa pelas rimas de um *romance* em que algum menestrel sertanejo fixara sua aventura:

Botei ela na garupa
Do meu cavalo russinho

Cavalo ligeiro e forte
Se chamava Passarinho
Avançamos com coragem
Naquele longo caminho

Chegados ao São Francisco, com a parentela da moça no encalço disposta a lavar a afronta em sangue, não acharam um só canoeiro que arriscasse atravessá-los, por medo da vingança do pai que era o senhor das terras e homens daquele lado do rio:

Botei o cavalo n'água
Ao céu fazendo um pedido
Que fizesse de nós três
O que Deus fosse servido
Ou que dessas duas almas
Fosse Pai compadecido

No meio da correnteza
Acuma havera de ser
Meu cavalo desmantela
Se pôs a desparecer
P'ra mim o mundo se acaba
Se meu cavalo morrer

Puxei da minha pistola
Antes dela se molhar
Dei um monstruoso tiro
Que fez o rio abalar
E meu cavalo insistiu
Se pôs de novo a nadar

O raconto abandonava e retomava os versos ao sabor da memória ou preferência do narrador. Ao fim de muitas peripécias na água turva do rio, também afamada por suas piranhas, o casal e a montaria voltavam a pisar em terra, na banda pernambucana, mas davam com o pai da moça que descia da canoa.

Ele foi falando alto
Arrotando valentia
Eu também gritei com ele
Como quem nada temia
Mato o cabeça da casa
Acabo toda a família

Foi aí que falou manso
Dizendo estar abismado
De ver nós passar o rio
Dois num cavalo montado
Só arte do Capiroto
Ou por Deus sendo ajudado

Então disse: amigo genro
P'ro outro lado voltemos
Ou pode seguir viagem
Que em boa paz viveremos

Após o desfecho feliz, o casório e uns anos bonançosos, o relato perdia as rimas, as cores e até os contornos. Aparentemente a heroína da travessia aventurosa também contraíra a macota, o mal-de-cuia, a gafa, medonha até nos seus muitos nomes que só de se ouvir arrepiam. Morrera? Ou ainda naquela noite estrelada deixava devorar aos poucos o corpo um dia tão formoso, nalgum cômodo escondido da casa silenciosa? O velho que narrava não disse, nem o que ouvia indagou. Há coisas fundas e trevosas que nem se ousa cogitar.

O lazarento mudou de assunto, como se atinasse que bem poucos veriam a beleza da sua história de amor. Falou de outras coisas, miudezas, e deu por finda a conversa, apoiando um coto de mão no punho da rede para erguer-se com vagar. Manquitolando porta adentro, ainda prometeu:

— Amanhã. Amanhã pela manhã, já que sois homem de letras, quero mostrar-vos umas coisas que valem a pena de ir ver. Não é longe, meia hora se tanto. Depois, sim, falaremos da menina.

Capítulo 15

Onde o lázaro mostra que não sabe ler a Pedra da Letra mas sim as penas da menina

A manhã nasceu clara e limpa. O sol sertanejo até pinicava a vista. Àquela luz exuberante, mesmo a doença do gafo, ainda que mais visível, já não era tão soturna. Lucas do Brabo continuava fraco, derreado, mas varara a noite e aceitou uns goles de leite — sinais de que haveria de escapar de mais aquela.

Partiram depois do desjejum, deixando o seleiro aos cuidados da preta Maria Zoia. O hóspede ia no jegue, com o menino atrás, a pé. O gafo abria a caminhada, sobre um ruão velho, arreado com uma sela de muitas correias e adaptações no santantônio, para acomodar as deformações do cavaleiro.

— Não é longe, não é longe — ia repetindo ele, como se se desculpasse pela pequena chantagem que impusera ao convidado.

Subiram uns morros, depois umas escarpas pedregosas de difícil acesso. O vale do Trairi ia ficando para baixo, pequenino. Seguiam a passo. O sol faiscava.

Chegaram a um cabeço árido, encimado só pelo céu. Dali, o rio parecia uma risca verde na paisagem deserta, a sede da fazenda, umas casas de boneca. O morfético voltou-se sobre a montada e apontou:

— Lá.

Era um bloco de granito talhado a prumo bem no cocuruto da serra. Na parede lisa e negra da muralha natural, por muitas braças de largo e três ou quatro de alto, alguém escavara mossas profundas, formando sinais, como hieróglifos, e os pintara de um vermelho vivo que desafiava o tempo.

— Aqui é a Pedra da Letra. Há outras assim nestas redondezas, sempre nos lugares mais altos. O povo chama-as letreiros, ou pinturas. Está convencido de que foram obra dos flamengos e ensinam o esconderijo de fantásticos tesouros. O que dizei?

— Não serão veios de ferro oxidado? Um capricho da natureza?

— Vede, aproximai-vos e examinai, a simetria e combinação desses sinais não podem ser lançadas por conta do acaso. Alguém os grafou, num trabalho paciente e hercúleo. Eles exprimem com toda certeza pensamentos humanos. São monumentos escritos de uma raça que aqui habitou.

— Os flamengos? Algum desses alfabetos góticos rebuscados dos povos do Norte?

— Não, já se vê que não, pelo menos não o creio, e digo-o após longamente compará-los. Isso de flamengos, aqui no sertão, é só um sinônimo de qualquer povo opulento e culto. Não, estas são uma outra escrita, de outra linguagem. Quem sabe uma há muito perdida — como a dos egípcios por fim decifrada por Champollion graças à pedra de Roseta. Quem sabe a dos púnicos, ou mesmo do remoto povo de Atlântida de que falou Platão.

O morfético falava escarrapachado em seu excêntrico arreamento, como se já não carecesse de olhar os sinais que de tanto esquadrinhar gravara no cérebro em sua exata sequência. Espiava apenas o velho visitante. Este, bem próximo à rocha, forcejava inutilmente a vista para distinguir algo além de uns laivos encarnados, maldizendo a meia voz a falta dos óculos, quando mais não fosse para tirar a limpo se o gafo apenas delirava ou tinha alguma chance de ter razão. Foi o menino que se adiantou e, também baixinho, descreveu ao seu ouvido o que via:

— ... São uns garranchos, umas letras em linha, com mais de palmo de altura. É como se fossem cavoucadas na pedra e depois pintadas de urucum. Onde o sol e o vento batem mais, enfraquecem, quase somem; mas, quando a pedra forma um covo, voltam à vida, muito rubras. Cada garrancho vai bem separadinho do seguinte, e vários se repetem duas, quatro vezes, sem conta...

Depois de uns minutos o velho abanou a cabeça numa vaga negativa entre resmungos, interrompendo a descrição. Voltou-se, claudicou pelo terreno pedregoso até bem perto do ruão, alteou os olhos para a carantonha felina e ansiosa do cavaleiro:

— Não sei dizer. Não sei e não posso. Falta-me o saber, e sobretudo falta-me a vista. Já pouco enxergo, quebraram-me os óculos...

O gafo aquiesceu calado, como se a confissão de alguma forma o apaziguasse. Esperou o outro montar no jegue e retomou a dianteira da pequena comitiva, serra abaixo.

• • •

O sol castigava a tudo e todos. Pelo caminho, Pascoal de Oliveira Ledo continuou a se explicar:

— Desde menino convivo com o enigma dessas pedras. Vieram os anos, a doença, a solidão, e elas como que me cresceram por dentro, empedraram-me, emparedaram-me a alma. Repassei cada letra para o papel. Mandei buscar na Europa livros desse Champollion e vários outros, em línguas que mal conheço, e levo os dias a decifrá-los na busca de uma chave dos escritos da Pedra da Letra. Algum filho de Adão deu-se ao trabalho de subir naquele alto de morro, de marreta e talhadeira em punho, se é que as tinha, para cravar ali toda uma extensa mensagem — por certo algo de grave e subida importância. Como não haverá ele de achar quem o ouça e compreenda? Se ainda faço face à lepra, é na esperança de que ela me dê tempo de realizar esta empreitada. À noite, assombra-me em sonhos a visagem de um doido baile dos sinais, que me aparecem em todos os seus mais ínfimos detalhes. Ao despertar, o sonho continua. Então debruço-me sobre as reproduções ou troto serra acima, para em vão interrogar a pedra. Tortura-me este segredo, e mais ainda a presunçosa indiferença com que todos o ignoram.

— Quem se entrega às ciências anda sempre rodeado do mistério que nos espreita para além das coisas conhecidas — o velho do *Sentinela* fincou os calcanhares no flanco do jumento para aproximar-se do ruão. — Pois vou contar-vos uma passagem que há de vos interessar. Não faz muitos anos, estava eu preso na Corte, no Forte de São José da Ilha das Cobras, cercado pelas águas da Guanabara, bem em frente ao Mosteiro de São Bento. O comandante da guarnição, compadecido de um velho artrítico, deixava-me às vezes passear à beira d'água, desde que não fosse do lado da ilha que dá para a cidade. Numa manhã de mormaço, passeando, dei com um moço muito branco, quase transparente, agachado sobre uma pedra. Era um forasteiro, logo se via, bem jovem, não mais que vinte e poucos anos, embora um esboço de calvície já assaltasse seu cabelo louro. Nem viu que eu me aproximava. Estava completamente absorto na contemplação das miríades de baratas d'água que dividiam com este seu humano homônimo o cativeiro da ilha. Era como se aqueles insetos fossem os seres mais encantadores do mundo. Apresentamo-nos, conversamos bastante, metade em francês, metade em latim, sentados numa pedra que partilhávamos com as baratas. Ele se chamava Charles, Charles Darwin, quero crer. Disse ser um naturalista inglês, embarcado no brigue *Beagle* para uma viagem de estudos à volta do globo. Mostrou-se maravilhado com nossa natureza e horrorizado com nossa escravidão. Um bom menino, muito vivo e douto no território das ciências naturais. Pois aquele rapazote ia encasquetando uma ideia que faz das vossas pedras um livro aberto. Ele conjecturava que os seres vivos, todos nós, na luta para sobreviver, possivelmente vamos sofrendo pequeninas mutações de geração para geração; e que através dos séculos essas mudanças se acumulam até produzir novas espécies, gêneros, famílias, classes inteiras, numa incessante subversão de todos os sistemas classificatórios da natureza. Vede só. Ô inglesinho danado!

• • •

O gafo não tornou ao tema da escrita misteriosa. Recostou-se na rede, de volta à sede, no labor de escandir suas frases sobre outros assuntos, apenas voltando de quando em vez a vista lacrimejante para as bandas da Pedra da Letra, num gesto vago e maquinal de cacoete. Por fim, depois que a preta velha trouxe mais um refresco, pôs-se a saldar seu débito, narrando a visita da menina e sua filha:

— Ela chegou aqui faz uma semana ou um pouco menos que isso: miúda, magra, assustada feito preá que foge dos cães. Temente também da lepra, mas creio que mais pela filha, que deixou longe quando veio falar comigo. Maria Zoia, esta preta, que é uma santa mulher, deu-lhe abrigo e comida, também umas roupas, pois as dela tinham se esfrangalhado; eu, uns conselhos de velho sem filhos. No outro dia mesmo, de roupa nova, matula cheia e cria no colo, ela retomou sua viagem.

— Ela explicou por que fora parar aqui??

— Não. A bem da verdade, devo dizer que pouco falava. Também não perguntei. Velhos como eu têm coração de manteiga da terra, derretido. Olhei-a, tão pequena, nova, só, mas de cabecinha sempre erguida, desafiadora, muito zelosa daquele bichinho novo que nem cheguei a ver de perto. Tive dó, e tive respeito. Mesmo no escuro de minha ignorância, tomei o partido dela. E ainda penso que agi bem...

— Rastreamos as pegadas de um homem que a perseguia: um pedinte da Cidade do Natal, muito grande e muito louro, com uma ferida nas costas. Passou por aqui?

— Não vi. Não sei. Porém na outra tarde vieram os tais cavaleiros, bem armados e bem montados, como disse, com os animais esbranquiçados de suor, mas ainda mordendo os freios e escarvando a terra no afã de seguir caminho. Por pressa ou medo, nem desmontaram. O mais velho, que seria o chefe, inquiriu por sobre o arção se aqui passara uma moça branca. Eu deixei esta rede e mostrei-me ao sol no umbral da varanda, para que vissem bem minha carcaça deformada. Estiquei meu coto de mão direita para sudeste, no rumo do Paraíba, do Brejo e do litoral. Eles não perderam tempo, nem bem se despediram, soltaram as rédeas e partiram serra abaixo a meio galope. Só que a menina não foi para lá...

— Para onde foi?

O morfético fez uma pausa. Mexeu-se na rede, voltou ainda uma vez o perfil de suçuarana para o distante recorte da Pedra da Letra.

— O que quereis dela?

— A chave de um enigma como o de vossa pedra, porém sangrento, e recente, havido há treze dias numa fazenda ao norte da Cidade do Natal. Não sabemos o que ocorreu, mas ela por certo sim, pois ali estava, e dali fugiu.

— Pois vou ouvir outra vez o coração e confiar que de vós ela não tem o que temer. Mas também não contarei muita coisa, pois pouco sei. Direi apenas que a menina, as meninas, tomaram o rumo sudoeste, o mais agreste, sertão adentro e Borborema acima.

• • •

Antes de desarrancharem, o velho examinou de novo Lucas do Brabo, que dormia, derreado, mas aparentemente fora de perigo. Recomendou a Maria Zoia que o fizesse repousar por mais uns dias, com comida farta e sono à vontade. Ela ouviu calada. Alta, magra, espigada, vista de perto parecia bem mais velha do que poderiam indicar as carnes ainda fortes e o porte altaneiro, elegante até. Cabelos brancos já lhe salpicavam a carapinha, e sabe-se que "preto quando pinta tem três vezes trinta". Seria bem mais antiga que seu disforme senhor, quem sabe o criara, até o amamentara. Por certo era a última pessoa a cuidar das fainas daquela fazenda ataperada, enquanto seu dono deixava-se devorar pela doença e pelas vãs tentativas de decifrar os escritos da Pedra.

Quando os viajantes iam deixando o terreiro, no rumo de serra acima, deram com ela, concorrendo em inteireza ereta com o mourão de curral ao seu lado. O velho deteve o burrico:

— Diz, Maria Zoia, o que tens a dizer. Pode ser a diferença entre a vida e a morte daquela menina.

— Ela não falou... — A velha estacou, procurando as palavras. — Não falou, mas deixou adivinhar. Deixou adivinhar que ia se juntar com o povo da Pedra Bonita, que prepara a volta do santo rei Sebastião.

A mulher fez um arremedo de mesura e recuou para o outro lado do pátio de chão batido, como se tivesse lembrado naquele instante de alguma tarefa que não podia esperar. O jumento e o menino fizeram menção de retomar a andadura, mas o velho os conteve. Ficou um momento parado, com a vista perdida, ruminando.

De repente, fincou os sapatões nos flancos do jegue, como se aperreado por uma urgência urgentíssima. Lá se foram, sertão acima, num passo espichado.

— Pedra Bonita.

Capítulo 16

Onde dois reis da Pedra duelam, o rei malvado triunfa e clama por sangue inocente

A Pedra Bonita fica num alto de serra como muitos que a menina trespassou, Serra do Catolé, bem na fronteira da província do Pernambuco com a da Paraíba. É um divisor de águas. A nordeste estas vão dar no rio Piancó e no Piranhas, que mais abaixo os potiguares chamam Açu, até desaguarem nas salinas da Ilha de Manoel Gonçalves. A sudeste demandam o Pajeú e depois dele o São Francisco. A noroeste, o Salgado e o Jaguaribe. Mas no alto da serra mesmo quase não há água a desaguar. Só o vento, o sol e a Pedra.

A rigor são duas pedras, dois ciclópicos menires do Novo Mundo, um escorado ao outro. Duas rochas irmãs. Uma um pouco mais alta e esbelta, porém ambas verticais como pontos de exclamação. Há outras à roda delas, mas são baixotas, ordinárias, como que acocoradas em adoração ao par.

• • •

A menina Ana Rita achegou-se sem falar, sempre com a trouxa. Depois do gentil leproso e sua preta, não avistara vivalma, enquanto ali havia mais de uma centena de homens e mulheres de todas as idades, muitas crianças.

Ninguém olhou para ela ou sua trouxa. Todos os olhos estavam cravados na pedra mais alta, ao pé da qual havia um homem com a cabeça cingida por uma coroa de flores do campo.

João Antônio tampouco olhou para a menina. Fitava ora a Pedra, ora o amontoado de fiéis ao seu redor, os devotos de sua igreja, súditos de el rei Dom Sebastião.

O beato queria do fundo d'alma a Dom Sebastião. Mas onde estava el Rei que não retornava ao seu reino? Por que os deixava esperar tanto? Que mais haveriam de fazer?

O santo homem era desde há muito um devoto da Pedra. Ainda rapazote, imberbe, adorara outro rochedo imponente, no Reino do Paraíso Terreal da Serra do Rodeador, perto do Bonito, no agreste pernambucano, onde os rios não cortam, há fartura de água e verde.

Aquela outra pedra, dita do Rodeador, fica em uma das fraldas da serra. Em sua vertente de face oeste há umas frinchas, abrigos naturais, onde ao que se dizia ouvem-se vozes humanas, tinidos de armas, melodias de pífaros e rabecas, dessas rabecas arrabil, que é só pendurar numa parede e coisa ruim nenhuma penetra. A paragem era conhecida por Lugar do Encanto. Segundo a profecia, dali sairia Dom Sebastião, o Rei Desejado, o Encoberto, o Encantado, oculto aos homens desde as remotas areias africanas de Alcácer Quibir.

O Rei Sebastião, embruxado durante a guerra dos mouros, sairia da Pedra liberto à força de rezas. Viria amontado num cavalo grande, gordo, bonito, tão branco que quando batesse o sol ninguém alcançaria olhar. À sua passagem o capim cresceria mais verde, viçoso e sumarento. Da sua banda direita seguiria um exército de sete mil anjos dourados com espadas de prata, da banda esquerda sete mil anjos prateados com espadas de ouro. Cada espada teria o fio mais fino, de cortar até pensamento. O reino de Deus na terra estava ao alcance da fé dos devotos.

Os soldados do Recife tinham destruído o Paraíso Terreal. João Antônio vira com seus olhos o horror daquela noite: o incêndio dos ranchos, os corpos carbonizados, outros passados a fio de espada, a longa renga dos prisioneiros, homens, mulheres, muitíssimas crianças, todos peados, conduzidos ao povoado do Bonito e dali ao Recife. Ele escapara pela mata quando o sol já ia raiando, nas pegadas de Silvestre dos Santos, o Mestre Quiou, que comandava o Paraíso. Quem sabe Dom Sebastião os amparara, tornando-os invisíveis à soldadesca ímpia, conforme o Mestre prometera repetidamente em suas arengas aos devotos do arraial. De seu companheiro de fuga nunca mais tivera notícia.

Então seguira pela Estrada do Sertão, que vai dar em Cabrobó, e, ladeira acima, até aqueles ermos da Serra do Catolé, a montante da Fazenda Maniçoba. Ali, com a graça de Deus, dera com a Pedra Nova. Era, saltava aos olhos, aparentada com a do Rodeador, só que mais seca, mais áspera, mais espigada. Com certeza encerraria muito mais fortes poderes.

Ao beato da esperança pouco importavam o areal e a morte e a desventura. Com Deus e o rei encantado se guardava. Sonhava um sonho de sopro incerto, porém belo. O Encoberto haveria de lhe valer.

• • •

Os olhos de João Antônio desviaram-se das lembranças do Paraíso Terreal perdido para a Pedra Bonita do Catolé e os rostos à sombra dela. Mais os rostos. João Antônio era uma alma de fé forte e renitente, mas sabia enxergar os sinais da angústia em sua gente. Não há fé que se aguente onde falta comida. E água até.

O olhar sob a coroa de flores escorregou pela encosta da serra até um ponto minúsculo, um inseto, que se movia no vale. Ele enviara aquele devoto com um jegue levando quatro odres na cangalha. Incumbira-o de caçar água, se possível boa, limpa, fresca, para aplacar a sede de sua gente. Será que ele voltava?

Os olhos voltaram aos fiéis à roda da Pedra. Entre estes, divisaram um vulto escuro meio escondido por um miúdo coqueiro catolé, que havia muitos ali, até emprestavam seu nome à serra. Reconheceu João Pereira.

João Pereira era coxo, perrengue, zambeta, mas todo músculos, um titã matuto. Chegara à Pedra não fazia muito, dizendo-se a mando do cura dos Inhamuns, Francisco Caneca. Asseverava ser pio. Mas não enganava Antônio. Pelo olhar se via: era hostil, esquisito, péssimo, um sanguinário tigre humano.

João Antônio e João Pereira se irmanavam no prenome mas desencontravam no resto. Um arrepio fez o beato coroado aferrar-se com mais empenho ao cajado de baraúna que também chamam maria-preta.

João Pereira aproximou-se da Pedra que João Antônio afagava a esmo, quem sabe em um derradeiro esforço de fé em busca do socorro do Rei Encantado. Achegou-se bem pertinho no seu andar manquitolado e lento, sem desgrudar-lhe o olhar. As rezas em torno cessaram. A menina, também calada trinta passos abaixo, abraçou sua trouxa. Por um momento nada se ouviu, só o grito metálico de um caracará que pairava no céu rastreando alguma presa, as asas imóveis, o bico adunco como um machete, a face dourada de ira e gula.

Súbito, o braço esquerdo do coxo esvoaçou no ar e arrancou a coroa de flores entrelaçadas da cabeça do beato. João Pereira depositou o ornamento em sua própria fronte e retesou o olhar ainda um pouco. Aí, desta vez com o braço direito, puxou da cinta a parnaíba, faca de arrasto saída das industriosas bigornas do Sertão do Pajeú, e cravou-a num gesto vertical bem na saboneteira atrás da clavícula esquerda do oponente.

João Antônio desabou e foi morrendo aos poucos, calado, sangrado como um porco. O outro limpou o sangue do punhal no camisolão e murmurou, de si para si:

– Esse é pra furar todo mundo. Fura até o chifrudo!.

Depois percorreu com os olhos a assistência muda e pasma. Limpou o pigarro, alteou a voz, pôs-se a falar. Os demais, ainda mudos, atinaram: é batendo na cangalha que o burro entende. A confraria da Pedra Bonita tinha um novo rei à sua frente.

• • •

Somente aos poucos, com o passar dos dias, a nova pregação foi deitando raízes nos devotos. Mais lentamente ainda, um fio de esperança achou jeito de se aboletar naqueles corações secos, tremeluzindo, acanhado, depois num crescendo de atrevimento. Eta, esperança esquisita e caprichosa!

Ana Rita escutava aquilo à distância e batalhava para decifrar sua intenção. Ela achara acolhida numa greta entre rochas, por ali havia muitas, a mais afamada tinha até nome, Casa de Pedra. Ali, pelo menos, livrava a si e à filha da crueza do sol e dos olhos dos rezadores.

A menina soubera dos devotos de Dom Sebastião por uma conversa de criadas entreouvida na camarinha da casa grande do Genipabu. Parecera-lhe uma escapatória para seu drama. Um destino para ir. Pedra Bonita: com tal nome, não haveria de ser um lugar ruim. Aquele arrazoado a confortara e orientara durante o trajeto. Tinha aonde ir. Ia para a

Pedra Bonita. Ali acharia abrigo. Depois, veria. Mas o que ela ouvia de sua toca pedregosa não convidava à quietude.

João Pereira não tinha os dotes de orador de João Antônio, que aprendera com as arengas do Mestre Quiou na longínqua serra do Paraíso Terreal. Antônio modulava a voz, ora com a delicadeza de uma revoada de pombas arribação, em seguida com a força do esturro de um tigre canguçu. Pereira não. Falava seco, duro, feio. Só o que dizia importava. O que dizia e a postura aprumada, tesa, hirta, disfarçando o aleijão sobre uma laje enviesada. A postura e a memória de seu antecessor sangrado ao pé da Pedra como um porco, um bode, um boi. Te esconjuro!

O coxo tirava partido dos males que atormentavam aquele fragmento de humanidade num alto de morro sertanejo. Falava da sede. Da fome. Da ardência do sol. Da sujeira. Ia, ia, mas voltava sempre à imundície.

Com efeito, dias e meses de gente amontoada em volta da Pedra tinham contaminado aquela crista de serra. Dava para sentir a catinga. Com a fala de João Pereira então, aí é que o bodum empestava, repulsivo.

João Pereira culpava seu antecessor pela inhaca. Só mesmo um doido de pedra para imaginar que o rei Dom Sebastião desencantaria em meio a tal fedor.

Os fiéis aquiesciam. A imaginação popular criara em volta do berço do futuro rei uma nuvem de maravilhas. Fazia sentido o que dizia aquele áspero beato. Eles mesmos, a bem da verdade, só se aguentavam ali por pura fé no milagre prometido, enquanto a mente voava para outros lados mais acolhedores, mais fartos, mais limpos. Uma mão astuciosa manejava o seu bronco entendimento na direção adrede planejada.

O beato insistia no bordão: para desencantar o Rei Encoberto e trazer a bem-aventurança perdida, havia que purificar aquelas pedras, arredar a imundície, a fedentina da danação. Impunha-se uma lavagem cabal, audaz e assente.

Água não bastaria para aquele mister. Era necessária uma lavação mais funda, mais forte e severa. Com sangue.

Um tremor percorreu os fiéis. Era inconcebível. Era medonho. Mas tinha sua sensatez. Que água daria conta de tamanha catinga?

João Pereira foi em frente. Para restaurar o Reino Encantado de Dom Sebastião na Serra do Catolé, seria necessário imolar grande porção de homens, mulheres e crianças. Sobretudo crianças, sangue puro, inocente de todo pecado. Com o sangue de cem meninos a mandinga bateria em retirada. A Pedra se quebraria e de seu oco sairia o Rei, afinal desencantado. O pai que mais filhos desse para o sacrifício, mais premiado seria. Quem perecesse pela santa causa ao cabo de três dias voltaria do reino da morte e todos seriam eternos. Haveria uma nuvem de milagres e fartura. As dádivas da Cocanha chegariam até os confins do sertão. Os escuros embranqueceriam, os pobres enriqueceriam, os famintos se empanzinariam.

Credo!

Capítulo 17

Onde Barata exercita o raciocínio dedutivo e Lucas do Brabo rouba lindos cavalos

Algumas léguas serra abaixo, na vertente que demanda o Piancó, a trilha de tropas e boiadas era abençoada pela sombra de um juazeiro frondoso, espinhento, mas cheio de doces frutos e de casca boa para limpar os dentes. Debaixo do pé de juá, o velho, o menino e o jerico esperavam passar a hora do sol mais ardido.

Moisés mordia um frutinho dourado e sumarento, cuspia o caroço, mordia outro. Bendita parada. Seus pés sofriam com o caminho áspero e pedregoso. O velho reparara, chegara a emprestar-lhe os sapatões, já que ele ia no lombo do jegue, porém não dera certo, o calçado, grande demais, dançava nos pés, o menino desistira. Agora, de cócoras, desfrutava da imobilidade, da sombra, dos juás, um bálsamo.

Umas embiras nos galhos do juazeiro amarravam a rede e sobre esta o velho se espichara. Não dormira, não cochilara, não recorrera à tabaqueira de rapé, sequer provara um juá. Apenas fitava o céu pelas frinchas da folhagem.

— Menino! Ô esse menino! Pega as tralhas na canastra e escreva aí.

Num piscar de olhos o escrevente estava a postos, sentado nos calcanhares, pena em riste. Aprazia-lhe, o velho já reparara, aquele ofício.

• • •

Das Confissões de Barata*:*

Faz bem duas semanas que viajamos. Sem rastreador, eu, esse menino e o jegue, aonde iremos? O que faremos? Só nos resta aproveitar essa sombra e pôr os miolos a funcionar.

O que temos? O testemunho de Moisés, o do índio Toré, o dos rastros lidos por Lucas do Brabo, o de Pascoal de Oliveira Ledo e o de sua Maria Zoia; aparentemente nenhum deles teria por que mentir. Temos ainda a autópsia do cadaverzinho do Genipabu, também uma espécie de depoimento.

Aquela menina, Ana Rita, partejou um casal de gêmeos. Só pode ter sido ela, era a única branca do lugar. O pai sabia? Os irmãos? Talvez sim. E talvez não. Seria difícil, mas não impossível. A menina por certo vivia trancada na camarinha, comia depois dos homens, mal os avistava, nem eles a ela.

Ela pode ter parido sozinha ou ter tido a ajuda de uma aia ou uma índia. Gêmeos. O menino nasceu morto, ou morreu em seguida, ou mataram; foi o corpinho que autopsiei com os óculos do padre Montenegro. A menina está com a mãe, ou estava, até a fazenda do Trairi.

Por que elas se foram? Para onde e por que os varões Barachos se foram? Quem perpetrou a matança e o incêndio? Onde se encaixa o mendigo agigantado? Qual a ordem cronológica dessa cadeia de eventos? Quem eram os cavaleiros que inquiriram sobre Ana Rita no Trairi? Seriam os Barachos? Ela ia para a Pedra Bonita? Ela foi para a Pedra Bonita?

Escreve, menino, que agora temos uns fragmentos a mais, porém pouco, afora perguntas. Mas debruçando-nos sobre o que temos...

• • •

Um vulto apareceu no caminho e interrompeu o ditado. Era Lucas do Brabo. Achegou-se ao juazeiro, sorridente, lépido, ninguém diria que a cascavel o picara. Tirou o chapéu, respeitoso, apagou o sorriso, disse que queria consultar doutor Barata.

– Adiante, qual consulta?

– Sobre os cavalos dos Barachos.

– O que têm eles?

– É que estamos aqui, perdidos no oco desses sertões, o senhor, já entrado em anos, este menino que nem calçado está, eu, que a cobra picou, mais o jumento, que pouca serventia tem. Então, pensei que não seria ruim se a gente arrumasse uns cavalos. Nestes desertos, um homem a pé é o mesmo que nada...

– E daí?

– Daí, quando eu vinha para cá, rastreando o jegue, de repente deparei com a cavalhada dos Barachos. Já era de noitinha, eles tinham acendido um fogo, os animais estavam mais adiante, peados, pastando. Dizem os antigos que prudência e caldo de galinha nunca fez mal a ninguém, então preferi não aparecer, agachei-me por trás de uma moita de mimosas, tão quieto que nem as folhas notaram. Eles estavam comendo e falando dela, a menina, Ana Rita. Os irmãos anunciavam a tunda que iam dar nela, surra de criar bicho. O velho Baracho não falava nada, mas só alisava o chicote pendurado na cinta. Então, doutor, eu pensei naquela menina com a filha, com os pés miúdos que eu rastreei, com os outros cavaleiros na cola...

– Quais outros?

– Os homens que estiveram na fazenda do Trairi eram outros. Vi pelas pegadas. São gente daqui da Borborema mesmo.

– Então...

– Então cismei que não era direito aqueles sete homões com dez montarias de escol contra uma menina com sua filha. Pesei, repesei... enquanto isso, a noite caiu, os Barachos se estiraram, a fogueira foi se apagando. Quando anoiteceu de todo, noite sem lua, só as estrelas, fui no rumo dos cavalos. Falei com eles baixinho, combinei tudo. Aí soltei as peias, usei uma delas de cabresto, montei um animal em pelo, fui tocando os outros, no passo, no silêncio, para longe. Passamos por uma lapa de pedra que era para não deixar rastro, cruzamos um ribeiro, dois, não há quem possa ler nossa pista. Então viemos. Dos dez animais, soltei seis, seriam demais. Trouxe quatro. Só que na derradeira légua a consciência veio pesando. Fiz eu certo? Errei? Trago a pergunta ao doutor.

Cipriano Barata fitou o seleiro, o menino, o jegue. Ajeitou-se na rede. Puxou da boceta de rapé, sopesou uma ração de fumo bem medida. Levou-a ao nariz, aspirou, fungou, espirrou, tossiu. Ganhou tempo.

Pensou na menina e na filha desta. Em Inácio Baracho, seu solar ensanguentado, seus dez cavalos, seus seis filhos e sua panóplia de açoites.

– Queres saber? Fizeste bem. Dos crimes, o mais nobre. Ficamos com os cavalos. Eu assumo: um para mim, um para ti, um para Moisés, o quarto será para a menina e sua cria, o jegue leva a carga. No futuro veremos.

O sol já começava a descambar quando eles montaram, o velho na única sela existente, os outros em pelo, os pés do menino agradecidos pela trégua. Seguiram serra acima. Olhando os cumes que o crepúsculo ia dourando, Lucas do Brabo apontou com o dedo.

– Ali...

– O quê?

– Não tenho certeza, mas acho que avistei o Aceiro.

O velho volveu os olhos na direção indicada. Franziu-os, num esforço inútil, apertou-os mais ainda. Acreditou então que divisava, talvez, uma mancha amarelada de encontro ao céu, na crista de um morro a oeste. Sacudiu a cabeça, ajeitou o chapelão e retomou a marcha.

Capítulo 18

Onde Barata trava outra vez o bom combate da razão contra a crendice e de novo perde

O garanhão baio de cauda e crina alvas como nata de leite farejou o vento. Já se adivinhava o arcabouço de suas costelas e trazia esfoladuras no pelame. Mantinha, porém, a destemida galhardia. Bem lá embaixo, na estradinha que era um fio de pó por onde rastejavam raros passantes, avistou cinco animais, três deles montados.

O velho tomou a dianteira de seu diminuto bando. Ia numa égua rosilha. O olhar quase inútil perdia-se nos cabeços ocidentais por onde o sol se escondia. Já não buscava pelo baio. Franzia o cenho numa carranca de angústias.

Muito bem, agora eram três, e bem montados. Antes assim. Porém iam sem armas, só a quicé de Lucas do Brabo, uma faquinha de nada.

Face a quem? Agora já sabiam alguma coisa dos Barachos. Mas quem seriam os outros cavaleiros no encalço de Ana Rita? E qual maligno influxo os tocaiava no alto araxá da Pedra Bonita? Boa coisa não havia de ser. Já no Natal, e nas escalas da viagem, ele fora colhendo cavacos de narrativas sobre uma confraria de devotos que adorava a Pedra. Pensara até em comentar o episódio nas suas *Confissões*. Desistira, temporariamente, por não dispor do indispensável lastro factual.

Cipriano Barata era um legítimo filho do Século das Luzes. Ainda que nascido em um covil de crendices de três continentes, como fora e ainda era a cidade de São Salvador da Bahia de Todos os Santos, cultuava a razão e apenas ela. Na Europa, quando jovem, bebera dos escritos de Montesquieu, de Rousseau, do zombeteiro Voltaire e do exaltadíssimo

Marat, que também fizera seu jornal, *O Amigo do Povo*. Deles extraíra não poucas das convicções de seu indômito *Sentinela*. Rechaçava com desprezo tudo que cheirasse a crendice, superstição ou preconceito – e eram justamente esses miasmas que farejava nas rezas e santas marchas à roda da Pedra sertaneja.

Contudo, agora, cavalgava rumo a ela. Por quê? Para quê? Para impor o império da razão? Resgatar a menina? Que deuses ou demônios o moviam? Quem sabe nenhum. Talvez só o singelo, humano anseio de saber, investigar, bisbilhotar, fuçar, matar a curiosidade.

• • •

Quando assomaram na esplanada da Pedra o sol já castigava a terra. Deram com um cenário que demoraram para decifrar. Um matuto robusto dominava o quadro, brandindo na mão sua parnaíba afiada. Em torno dele, homens, mulheres, gente, enlouquecida de sede, fome e esperança, erguia nos braços seus meninos.

O velho sem óculos mais adivinhou que viu a cena de horror. Achegou-se ansioso à montaria do menino.

– O que vês?

– Cruz-credo. Horror. Loucura. Maldade. Essas pessoas estão entregando os seus meninos para o homem da faca matar. Já há uns corpinhos defuntos pelo chão. A pedra está toda encarnada. E eles, uma coisa de apavorar, brigam para ver quem será o próximo a sangrar o filho.

O velho apeou da rosilha num movimento que contradizia seus muitos anos. Puxou da cangalha do jegue o galho reto de jurema-preta que lhe servia de bengala. Marchou no rumo do altar ensanguentado da Pedra. Subiu uns degraus de granito, ombreou com o homem da Parnaíba, o sacerdote caboclo. Fez um sinal com o dedo artrítico em riste e tomou da palavra.

O traje citadino contrastava com o lugar. O vento sacudia a descomunal cabeleira branca. O semblante descarnado, lívido, nem por isso ocultava sua ardente energia curtida em incontáveis masmorras. Era uma figura: tão vigorosa quanto inusitada.

As orações e os gritos emudeceram aos poucos. Fez-se outra vez silêncio. Outro caracará piou de novo lá no alto.

O velho não fitava o homem da faca – era como se este não estivesse ali. Seus olhos baços buscavam os dos devotos. Apenas a eles falava. Seu discurso ia do mandamento e do argumento à súplica. E o médico baiano, escolado em Coimbra, era evidentemente um rematado mestre da retórica, a fina arte do siciliano Górgias.

– Quem sois? Homens ou feras? O que fazeis? Entregais vossos filhos à pior das mortes; credes que virá daí algo de bom? Olhai bem para estes penhascos ensanguentados. Pode haver dentro deles um santo ou um rei? Não. São apenas pedra, granito: quartzo, feldspato e mica. Sem santidade. Sem realeza. Ordinária matéria. Buscai a salvação? É legítimo, nobre, justo. Mas não a alcançareis derramando sangue inocente.

Os olhos da plateia sertaneja cravavam-se no orador litorâneo. Aqui e ali, um lampejo de assentimento bruxuleava em um rosto para morrer em seguida. O beato tampouco se movia. Por um momento a cena permaneceu estática, como que também petrificada. Só o caracará se movia.

Então o gavião precipitou-se para o chão como uma flecha, no encalço de algum bicho. Um sertanejo soltou um bramido, não alto, antes surdo, turvo, e alçou na direção da Pedra uns braços magros levantando um menino de colo mudo de espanto. Fez-se uma pausa e outra criancinha foi erguida. E outra. As orações recobraram sua cadência.

João Pereira contentou-se em reerguer a parnaíba. Aquele aço que tudo furava tinha trabalho por fazer. Barata ainda olhou em torno, caçando um apoio, uma dúvida, em vão. Aí apoiou-se na bengala de jurema, como se todas as atribulações de sua velhice desabassem de repente em suas costas. Desceu das pedras, cavalgou a rosilha, afastou-se. Perdera mais uma vez.

Desceram a serra no passo, deixando os cavalos inventarem seu caminho, pois a ladeira era íngreme, pedregosa e traiçoeira. A distância foi aplacando o burburinho do povo da Pedra. Súbito, Lucas do Brabo, que abria a marcha com seu castanho, estacou, ao pé de umas rochas do mesmo granito da Pedra Bonita. Sentira um cheiro.

• • •

Poucas semanas mais tarde, o prefeito da Vila de Flores do Pajeú, coronel Francisco Barbosa Nogueira Paz, molhou a pena no tinteiro e seguiu adiante com seu escabroso relatório. Parou, ainda uma vez, retorceu a bigodeira e olhou pela janela, para o rio que cortava a vila, como se buscasse auxílio naquela cena corriqueira. Não era alguém afeito às letras, menos ainda a algo como aquilo. Estava escrevendo, ao presidente da Província de Pernambuco, a duras penas, uma missiva de arrepiar os cabelos:

Comarca de Flores, 25 de maio de 1838

Ilustríssimo e excelentíssimo senhor

Nesta primeira carta que tenho a honra de dirigir a Vossa Excelência sobre a situação desta comarca, que está ao presente tranquila, desejo expor a Vossa Excelência uma das mais extraordinárias, terríveis e cruéis ocorrências de que há notícia e em que mal se pode acreditar. Faz agora mais de dois anos que um homem chamado João Antônio, morador do sítio de Pedra Bonita, cerca de vinte léguas desta cidade, sítio cercado de matos e perto do qual há dois grandes rochedos, convocou o povo dali, dizendo que dentro daqueles rochedos havia um reino encantado, que ele ia desencantar, e que, imediatamente depois disso, apareceria el rei Dom Sebastião, ricamente adornado e à frente de um grande exército, e que todos quantos o seguissem seriam felizes. Continuou depois embelezando o lugar até o mês de novembro do ano findo, quando, por conselho do missionário Francisco Caneca de Albuquerque, fez uma viagem no sertão de Inhamuns, donde enviou o tal João Pereira, homem de péssimo caráter, que, ao chegar a Pedra Bonita, se proclamou rei e começou a incutir noções supersticiosas na mente do povo, dizendo que, para a restauração do reino encantado, seria necessário imolar grande porção de homens, mulheres e crianças que, ao cabo de poucos dias, todos ressuscitariam e seriam imortais; — que as riquezas abundariam em todas as classes e que tantos quantos fossem negros ou de cor trigueira se tornariam brancos como a lua. Assim induziu muitos ignorantes a crer em suas falsas asserções e danosas doutrinas, a ponto de alguns pais entregarem os filhos ao cutelo do tigre sanguinário. No dia quatro do corrente mês começou ele seus sacrifícios e, no decurso de dois ou três dias, nada menos de quarenta e dois seres humanos, vinte e um adultos e vinte e um menores, entregaram a vida em suas mãos. Também deu em casamento a cada homem duas ou três mulheres, com ritos supersticiosos, de acordo com sua conduta já sob outros aspectos imoral e como parte integrante de sua idolatria. O resultado, porém, lhe foi sinistro, porque Pedro Antônio, irmão de

João Antônio, o propagador destas ideias, impaciente com tal loucura, ou, talvez, ambicioso, ele próprio, de se fazer rei, resolveu assassiná-lo e levou a cabo seu plano, sexta-feira, 17.

O coronel Nogueira Paz deteve ainda uma vez a laboriosa redação, torturou mais um pouco os bigodes, voltou a invocar a ajuda das mansas águas do seu Pajeú. Arrenego! Aquilo estava lhe saindo um calvário. E os nomes, então, João Antônio, João Pereira, Pedro Antônio... Se fosse uma estória inventada, seria de jogar fora por sua completa ausência de imaginação. E onde já se vira Antônio ser sobrenome?! Mas era o relato dos seus homens, que anotara de seu próprio punho e conferira, mais de uma vez. Tomou fôlego e seguiu em frente:

Foi nesse dia que os habitantes, fugindo de lugar em lugar, deram notícia do ocorrido ao comandante Manuel Pereira da Silva, que imediatamente reuniu uma força de vinte e seis guardas nacionais e camponeses e, partindo no dia seguinte, encontraram, perto do lugar indicado, a Pedro Antônio, com uma coroa feita de flores do campo, tomada de seu predecessor, e acompanhado por um grupo de homens e mulheres que receberam a escolta aos gritos, dizendo: "Venham! Não os tememos, porque estamos amparados pelas tropas do nosso reino". Avançaram depois ao seu encontro com cacetes e espadas, ferindo cinco soldados e matando outros tantos. Mas, vigorosamente contra-atacados, pereceram deles imediatamente vinte e seis homens e três mulheres, sendo feitos prisioneiros três homens, nove mulheres e doze crianças. Os mais do bando, muitos deles feridos, embrenharam-se nas selvas. Só na tarde do dia 18 é que tive notícia destas perturbações de ordem. Reunindo então quarenta homens, marchei à frente deles; mas, ao chegar, já tudo havia serenado da maneira acima referida. Os prisioneiros foram conduzidos a esta cidade e as doze crianças serão aqui bem cuidadas até que Vossa Excelência dê ordens a seu respeito.

Deus guarde a Vossa Excelência.
Francisco Barbosa Nogueira Paz

Capítulo 19

Onde, por fim, a verdade começa a aflorar pela boca da atrevida menina Ana Rita

É da natureza do bom rastejador só parar de rastejar na morte. Lucas do Brabo também experimentara todo o horror da cena da Pedra, toda a humilhação da derrota do doutor Barata, o desconcerto de seu fundo malogro, a esbórnia do sangue. Tinha o coração em pedaços. Ainda assim, rastejava.

Quando iam descendo, farejou, por trás das fragrâncias da sarjadeira, da amorosa, do xique-xique, da quixabeira, um muito leve cheiro de leite humano. Reparou naquelas rochas fendidas, deu com outros minúsculos sinais de que alguém as habitava. Pediu licença, desmontou, assuntou.

Chegou-se às grotas, olhou, agachou-se para olhar direito, começou a falar, como para a pedra. Era uma fala sossegada, lembrando os aboios, com maior tento no tom que no sentido das palavras.

Uns minutos depois, funcionou. A menina Ana Rita Baracho esgueirou-se para fora de seu esconderijo. Arisca, lembrava mesmo um preá. Dir-se-ia que de um momento para outro iria se entocar de novo na grota. A filha, no colo, movia-se com langor. Uma e outra estavam magras, de uma magrém de dar pena.

O menino, Moisés, foi quem atinou primeiro o que se devia fazer. Estendeu para Ana Rita uma lasca de rapadura, que ela engoliu num instante, com um lampejo de gratidão nos olhos. Depois, segurou o cabresto do cavalo alazão para a fugitiva montar, dizendo, sem palavras, que ali não era um bom lugar para um nenê novo ficar.

Seguiram viagem serra abaixo, com os animais sempre no passo, porém mais esticado. Já na baixada, trotaram, galoparam, abriram umas boas léguas entre eles e a Pedra Bonita. Só então arrancharam, à beira de um ribeirão.

A menina atirou-se com sofreguidão à paçoca de carne seca, depois bebeu do riacho com uma cuia, deu de mamar à filha. Aos bocadinhos, foi se rendendo à ideia de que finalmente encontrara aliados. Destravou então a língua, relutante no princípio, mais confiada depois.

Anoiteceu. Lucas do Brabo acendeu um fogo para proteger os cinco da friagem serrana e dos bichos. Debaixo do céu muito estrelado, o velho foi perguntando, indagando, desencavando passo a passo as verdades que vinha perseguindo desde o Natal.

• • •

Das Confissões de Barata*:*

Ana Rita Baracho, 16 anos de idade, natural do Genipabu, arrabalde do Natal, contou-nos suas aventuras. Lançou assim um pouco de luz no mistério que perseguimos. Ainda há áreas de sombra, outras de treva, mas é assim que caminha o conhecimento.

A menina Ana Rita é a mãe de Sara, que assim denominamos, mas ainda é pagã, nascida em 12 de abril passado no mesmo Genipabu. É a mãe também do menino que morreu no parto, o irmão gêmeo de Sara; Moisés o resgatou do espojadouro dos porcos e eu o autopsiei no quintal de minha casa.

Ana Rita ainda hesita em falar disso, por serem os filhos concebidos fora do casamento. Mas eu seria capaz de apostar que o pai há de ser o rapazote pernambucano, montando uma poldra zaina, que arrebatou a argolinha nas cavalhadas do ano passado. As datas das cavalhadas e do parto se harmonizam. Ademais, dificilmente o pai seria um natalense, dada a reputação de vingativo do senhor do Genipabu, que todos na cidade conhecem.

Contei em minha dedução com o inestimável auxílio de Moisés. Esse moleque sabe de tudo, fala pouco, mas escuta muito. Depois das cavalhadas, o vigário o enviou à Ribeira, atrás de arnica-do-campo, boa contra dores e inflamações. Quando chegou lá, Moisés topou com o pernambucano dando de beber à zaina. Como quem não quer nada, o forasteiro puxou conversa. Contou que se chama Pedro Nunes Teles, morador no sítio Cabeça D'Anta, meia légua a jusante da Vila de Flores do

Pajeú, sertão de Pernambuco. Que ele mesmo domou a potranca, nunca outro homem a montara, disse com orgulho. Em troca, queria saber tudo da rainha da festa de cavalo, como se chamava, onde morava... Decerto Moisés serviu de comparsa, involuntário e inocente, ou quem sabe consciente e ladino, da cadeia de eventos que gestou os gêmeos do Genipabu. O pai de Sara é o rapaz pernambucano.

Escreve aí, menino, que há que respeitar Pernambuco e os pernambucanos. Não é à toa que ostentam a alcunha de Leão do Norte, *desde os primórdios da capitania e o brasão do bastardo Duarte Coelho, seu primeiro capitão-donatário. São uma gente soberba, quizilenta, cutuba, destemida, rebelde, capaz de dar um boi para não entrar numa briga, mas uma boiada para não sair. O Brasil ainda engatinhava quando puseram os batavos em fuga com sua guerra brasílica, oposta à europeia, aprendida da bugrada, que usa a mata, a astúcia e a manha. Pernambuco voltou a erguer a cabeça na Guerra dos Mascates. E mais uma vez no Areópago de Itambé, exaltador da Liberdade, Fraternidade e Igualdade. A metrópole portuguesa sufocou o Areópago, o Leão revidou com a Conspiração dos Suassunas. Pernambuco era grande, toda a margem esquerda do Rio São Francisco, desde os confins de Minas até o mar Oceano. Aí veio a Revolução de 17, a mesma de André de Albuquerque, o do travesseiro de pedra. O Leão insurgiu-se atendendo ao brado de "viva a Pátria". Fez a República. Fez a Independência. Pôs em movimento sua primeira tipografia. Trocou o tratamento "vossa mercê" por "patriota". Até ensaiou um plano fantástico para libertar Napoleão Bonaparte, prisioneiro na ilhota de Santa Helena, e trazê-lo para o Recife, como general da revolução. Trucidaram a ousadia com açoites aos centos, cabeças decepadas expostas no Recife e o padre Roma fuzilado. Como castigo, amputaram de Pernambuco logo a fatia mais fértil, a Comarca das Alagoas, terra do massapê escuro, gordo e doce dos engenhos. O Leão do Norte rangeu os dentes, reagrupou forças e voltou à carga, maior, mais feroz, audaz e tinhoso, na Confederação do Equador. Fez outra República, a de meu amigo, meu colega jornalista, meu companheiro de cárcere em 17, meu irmão de armas frei Caneca do Amor Divino, fuzilado no Recife, pois não acharam quem ousasse enforcá-lo. Nova mutilação punitiva surrupiou dos pernambucanos a enorme Comarca do São Francisco, lindeira com as Minas e Goiás, incorporada à Bahia. Não importa. Outros levantes hão de vir. Respeita Pernambuco!*

Porém divago. Nem conheço esse menino da potranca. Tornemos ao nosso relatório.

Ana Rita relata que ocultou a gravidez do pai e dos irmãos, por temer represálias. Enfurnou-se na camarinha e quase nunca saía. Quando chegaram as dores, uma índia pancararu assistiu-a. Não lograram salvar o menino. A índia levou o cadaverzinho ao espojadouro para que os porcos sumissem com ele sem dar na vista dos Barachos. Já a filha, Sara, nasceu saudável, até demais. Seu choro era o martírio de Ana Rita, pois a qualquer hora podia despertar a suspeita de um dos varões da família.

A moça acoitou-se com o povo do toré, gente escolada na arte de bem se esconder. De dentro de um rancho dos pancararu assistiu seu irmão Elias fuçar no espojeiro, dar com o corpo do sobrinho e correr para avisar o coronel seu pai. O patriarca do Genipabu perdeu as estribeiras, possesso, furibundo. Uma vez na vida, talvez a primeira, falou aos gritos: berrou para os filhos que era para juntar na equipagem toda a sua coleção de açoites, pois teriam a quem açoitar. Quem sabe já desconfiava que o ventre túrgido da filha alguma coisa gestara.

Partiram do colérico coronel Baracho as ordens. Dava para ouvir: que expulsassem da fazenda a criadagem, indiada e escravaria; arreassem dez cavalos; e matassem o resto todo, não deixassem uma criação de pé.

O Aceiro salvou-se. Os deuses o pouparam. Ela mesma não viu, mas ouviu de um indiozinho: o garanhão estava preso num curral; pulou a cerca e ganhou o mundo. Eta, baio pai-d'égua!

Ana Rita espelhou-se no cavalo e decidiu fugir também. Elegeu a alternativa desesperada de tantas mães perseguidas desde a Mãe de Deus na Judeia do rei Herodes. Um pancararu deu a ideia de abrir os currais, libertar a cavalhada, outro mostrou-lhe a trilha que passa pelo pasto esquivando-se das navalhadas do capim andrequicé.

Enquanto isso, os filhos de Inácio Baracho se esmeravam na obediência ao coronel. Há loucuras que contagiam. Logo, as chamas e os berros de agonia enchiam o ar.

Sem parentes e sem amigos, Ana Rita encasquetou, a tola, de ir logo à Pedra Bonita. Acreditou no nome. Nem em seu pior pesadelo podia ter escolhido lugar pior.

Ao chegar, deu a sorte de ouvir uma arenga de João Pereira, que a alertou do perigo que Sara corria. Então se enfurnou na grota. O resto já sabemos.

Essa menina é especial. Continua magra, mas um só dia da nutrida paçoca de Maria Zoia já fez diferença. Ana Rita ganhou, se não carnes, ao menos cores, está mais lesta, por certo aleita melhor. A pequenina, Sara, então, nem se fala. É como se tivesse nascido outra vez. Até sorri.

Já a mãe não. Sua confiança em nós não sobe a tanto. Faz bem. Não a culpo. A desconfiança salvou-a, e à filha; por que haveria de descartá-la? E o que lhe falta em confiança sobra em coragem. Muito poucas se safariam dos apuros que já *enfrentou.*

É verdade que Ana também teve ajuda. Já falei sobre o povo do toré. Ela contou-nos também do vaqueiro do ferro em brasa nos altos da Borborema. De como foi laçada com uma embira no pescoço; e salva na última hora pelo pedinte louro do cruzeiro da Matriz. Tudo indica que este a acompanhou durante o trajeto inteiro desde o Natal, escondido, como um anjo da guarda. Só se mostrou no derradeiro instante. Eu já ouvira falar de Pio Pais Velho e seu reino selvagem no alto da serra. Posso imaginar o que esperava Ana Rita se não fosse o seu anjo da guarda. E me assombro ao pensar como o serafim devia ser enorme, vigoroso e tenaz para fazer frente a um cabra afeito ao combate, a cavalo e bem armado.

De todas estas Ana escapou, com Sara junto e contra todo prognóstico. Resta saber se escapará, se escaparemos, das outras que estão por vir.

Eu, por mim, já nem ligo. Já passei dos 75 anos, muito além do que tantos, ainda mais nestes sertões. Foi talvez por isso que não tremi ao enfrentar o coxo da Pedra. Se morresse ali estava de bom tamanho.

Mas me desassossego com a sorte da menina Ana Rita. E da sua filha Sara, tão nova. E do menino Moisés, que nem sei se é cativo, mas sim que ao final me cativou. E de Lucas do Brabo, que a esta altura já deve ser pai.

Inquieto-me. Antes que cheguemos ao Natal preciso caçar um jeito dessa história acabar bem.

Capítulo 20

Onde os fugitivos impõem ordem a seus flagelos e a menina da menina estreia um gesto

Pio Pais Velho incentivou a montaria com o relho e a voz. Ia bem enganchado na sela por meio de um sistema de correias de couro que substituíam as pernas há muito perdidas.

Mal olhou ao passar pelos cadáveres de seu cabra e do gigante louro. Pais Velho e seus homens de guerra praticavam muitas usanças dos bugres, mas não as do culto aos mortos.

As tribos indígenas do sertão, chamadas tapuias, moldavam no barro grandes urnas funerárias, enfeitadas de espirais e meandros pintados com seivas brancas, amarelas e vermelhas. Enterravam os vasos numa espécie de terra consagrada. Ali, de vez em quando, visitavam os parentes finados, falavam com eles das coisas deste e do outro mundo.

Os Pais Velho não. Deixavam seus mortos aos cuidados do próprio sertão. Era o sertão que os acolhia, chorava, paramentava e ornamentava. Aqueles dois, mesmo, após mais de uma semana no tempo, iam se desmilinguindo. Carnes já não havia, devoradas por bichos necrófagos de todo tamanho e feitio. Os ossos sobrantes branqueavam ao sol e também não durariam muito.

O senhor do Jucá seguiu adiante. Queria saber, não dos mortos, mas sim da menina, que lhe escapulira uma vez, por culpa daquele galego grandalhão, mas outra não escapuliria. Estas noites todas ela lhe tirara o sono. O aleijado sentia nas tripas que ela, sim, lhe daria descendência.

Chegara-lhe o rumor de que a menina cruzava de volta a Borborema, agora montada e com uns companheiros de viagem. Dessa feita ele não enviaria um cabra. Iria cuidar pessoalmente do assunto. Quem não quer manda, quem quer faz. Espicaçou de novo o animal que passou para um trote miúdo. Os olhos, à sombra do chapéu, palmilhavam o chão, esquadrinhando cada erva à caça do rastro de sua preza.

Atrás do cavalo, no mesmo trote indolente deste, seguiam Pé Direito e Pé Canhoto. Quatro pés, portanto: calejados, duros como cascos, curtidos por muitos bichos-de-pé, não se avexavam com as pedras e espinhos da caminhada. Caminhar era com eles. Pensar? Com certeza, mas só de quando em vez. O senhor do Jucá era certeiro ao vibrar cocres duros como pedras e implicava com Pés que pensassem mais do que a conta. O pobre é a espinha do rico.

• • •

Não muito longe dali o velho aconselhava-se, com seus jovens parceiros, sobre o caminho que haviam de seguir. Do povo da Pedra não tinham receio, havia de andar metido em suas sebastianistas, medonhas rezas. Mas o coronel Inácio Baracho era uma ameaça. E Pio Pais Velho outra. O patriarca do Genipabu com seus relhos e o do Jucá com seu direito de pernada jogavam uma mesma sombra escura sobre a sorte da menina.

Escreve, menino:

Estamos juntos e somos cinco, contando a cria de Ana Rita. Já não é pouco. Mas estamos longe de casa, perdidos nestas chapadas de um sertão brabo que o mundo esqueceu. Terra de quase nenhum proveito. E acossados por gente ruim. Há que alinharmos os flagelos que nos afligem conforme uma ordem, um método.

Lucas do Brabo: Se o senhor doutor me permite, acho que os Barachos não são ameaça séria. Estão longe de casa como nós, e a pé. É só caírem em si da doideira que deu neles e voltam para o Natal com o rabo entre as pernas.

Barata: Pela ordem, pelo método, o pior flagelo, a mais pavorosa calamidade, a catástrofe entre todas urgente não vem dos Barachos nem de Pais Velho, mas da fome. A matula de paçoca que a boa Maria Zoia preparou valeu-nos até agora, mas está nas últimas. Saco vazio não aguenta em pé. Sem comida nos finamos. Carecemos de socorro. Quero crer que descendo estas serras, à mão direita de onde o sol nasce, iremos dar no Pajeú. Ali fica a Vila de Flores, posso visitar uns doentes a troco de mantimentos. Além do mais, perto da vila fica o sítio do menino da potranca zaina, quem sabe ele nos ajuda, assume sua obrigação como pai dessa coisinha.

Lucas do Brabo: Se a paçoca está no fim, esperai aqui que eu vou a Flores buscar amparo. Escoteiro, neste alazão dos Barachos, vou num pé e torno noutro, em três dias trago o ajutório do moço da zaina.

Barata: Melhor então será levares Ana Rita e a cria junto. O que sobrou é quase nada, ela está amamentando, carece de sustança. Ademais, quem sabe as meninas hão de ter os argumentos certos para convencer o rapaz, Pedro Teles, o da zaina? Que dizes disso, Ana?

Ana Rita (esboçando pela primeira vez uma promessa de sorriso ameno, que não chegava aos lábios, mas se entrevia nos olhos): Pois vou. Vou e levo Sara.

E já foi apanhando a trouxa, desamarrando a montaria, montando em pelo com trouxa e tudo, num gesto lépido. Eta, menina danada!

• • •

Não muitas léguas serra acima, Pio Pais Velho continuava à caça, com o cavalo piquira no passo e os olhos vagueando pelo chão. Rastreava. Então parou. Ali estava ela, com toda certeza.

A pegada não era recente, mas ficara guardada no barro seco protegido por umas pedras. O senhor do Jucá remoeu algo entre os dentes. Já imaginava o sapatinho, estropiado, mas citadino, que imprimira a marca, e, calçando-o, o corpo jovem, belo e fértil da sua preza. Alçou os olhos argutos à cata de mais rastros.

Maracaboia se aconchegou na sua laje. Lá vinham eles de novo, os odores de sangue quente e bicho-homem. Não pensou, não planejou, agiu movida por puro impulso. Armou o bote.

Amparada pela laje, a arremetida cravaria os dentes cavos justo na altura do estribo e do pé. Como aquele bicho-homem não possuía estribos, nem pés ou pernas, a mordida foi dar no baixeiro de algodão que separava a sela do lombo da montaria. Varou a manta e cravou-se bem fundo no ventre do animal.

O cavalo branco, meão mas nervudo e ágil, cabriolou de lado, veio ao chão, esperneou um pouco, ofegou outro pouco e deu o couro às varas. Nenhum vivente daquelas serras jamais sobrevivera à peçonha de Maracaboia.

Pio Pais Velho viu bem o lugar onde as presas tinham se cravado. Arrefeceu a queda com as mãos e esperou pelo socorro dos Pés. Arfava de susto e alívio: se ainda tivesse pernas, seria ele o defunto.

Os Pés chegaram correndo. Desvencilharam seu senhor do arreamento, cortaram um galho grosso de algarobeira, armaram nele uma rede de algodão fino tirada do alforje da sela, acondicionaram o amo nela e trotaram de volta ao Jucá. Pé Canhoto, na retaguarda, sustentava o galho com uma mão e os arreios do cavalo com a outra.

Mais tarde, já sentado na varanda de casa, ao lado de uma *ancoreta*, um barrilete de cachaça, com o correspondente copinho de chifre, o último Pais Velho viu o alívio converter-se em frustração. Sua preza escapulira. De novo. Eta, menina danada!

Mandou chamar os Pés e transmitiu-lhes prescrições minuciosas. Que achassem e trouxessem a menina. Que ela podia estar a pé ou montada, sozinha ou acompanhada, na certa por forasteiros, gente da praia. Que se cuidassem, com eles e com as cobras.

Dito e feito.

• • •

Ana Rita, Sara e Lucas do Brabo foram no trote, descendo os contrafortes ocidentais da chapada da Borborema no rumo das águas do Pajeú. O seleiro se espantava de ver a segurança da menina, cavalgando a pelo, com a trouxa firmemente escanchada no quadril, deixando o cabresto solto para que a montaria escolhesse o trajeto, o que costuma ser a alternativa mais garantida, nas sempre perigosas cavalgadas serra abaixo. Ela nem parecia uma moça de família rica, criada no conforto da casa grande. Talvez a convivência desde o berço com o criatório de cavalos explicasse a segurança. Porém havia algo mais, naquele trote determinado.

Lucas do Brabo espiou melhor e sorriu com seus botões. Achou que matara a charada. Era o outro, o cavaleiro da poldra zaina, que o seleiro também assistira disputar as cavalhadas com sua extravagante, inesquecível investida de cócoras sobre o couro da sela, acertando o ferro da guiada bem no meio da argolinha, coisa de cigano de circo. A menina corria para o namorado.

Ele próprio, Lucas, não aconselharia tamanha confiança. Pelo que soubera do acontecido, tendo por fonte as investigações do doutor Barata, mais tarde a narrativa da própria Ana, arrancada quase à força e confinada a monossílabos, tudo não passara de uma só noite sob os coqueiros do Genipabu, depois da festa de cavalo. Talvez uma noite feliz. Ardente. Amorosa. Apaixonada, mesmo. E fecunda, até demais. Porém aquilo fora já lá ia quase um ano. A menina aguentara poucas e boas, a gravidez escondida, o parto também secreto, a morte do pagãozinho, a cólera dos homens da casa, a fuga para o sertão, as cenas pavorosas da Pedra Bonita, tudo. Se Lucas do Brabo entendera direito, a esperança de Ana Rita resistira a todos aqueles transtornos dignos dos romances de *Carlos Magno e Os Doze Pares da França*. Mas o pai de Sara, o da zaina, o que acharia? Lucas do Brabo, casado, se tudo dera certo também pai de filho, ainda tinha uma viva lembrança de como funcionavam as coisas numa cabeça solteira, e, pior, solteira e masculina. Voltou a fitar o rosto confiante da menina e pensou, calado, que o mais provável era ela cair do cavalo.

• • •

Na tarde seguinte deram com o Rio Pajeú. Ainda encorpado pelo inverno razoavelmente chuvoso, ele só iria "cortar" em agosto, quem sabe setembro ou outubro. Entraram na Vila de Flores e, pergunta que pergunta, vadearam o rio e desceram a correnteza até encontrarem o sítio Cabeça d'Anta.

Era uma casa de taipa como tantas, só que bem na beira do Pajeú. No terreiro, a criação miúda, patos, galinhas, até umas de angola. Pela porta aberta via-se uma tábua servindo de cama, cumbucas de barro, uma cabaça grande de guardar farinha, com a cuia de coco por cima, três pedras rodeando umas cinzas que ainda soltavam fumaça. Um cachorro amarelo de focinho fino aproximou-se ladrando, latidos de quem não sabia se repelia os intrusos ou festejava as visitas.

Os três apearam, a prudente distância do focinho fino ainda em dúvida, e bateram palmas conforme a usança. Ninguém apareceu. Pela porta, viram mais trens de cozinha e mesa, um banco de pau, um aguilhão encostado na parede, penduradas ao lado duas facas parnaíbas, uma delas com guarda-mão graciosamente encurvado como numa espada rapineira. Na mesma parede, pendurado mais acima, um diminuto altar de madeira envernizada exibia... uma argolinha de cobre. Lucas do Brabo começou a achar que talvez ele estivesse errado e Ana Rita certa.

O cão — olhando direito, uma cadela — ainda ladrava, embora mais espaçado. Decerto foi quem deu o aviso para minutos depois aparecer alguém, por dentro do rio, correnteza cima, com uma reluzente tarrafa pingando água numa mão e um cesto de palha na outra. Focinho Comprido afinal silenciou. Era Pedro Nunes Teles.

Foi só assistir ao encontro dos três para o antes cético Lucas do Brabo terminar de se convencer de que errara em cheio. Pedro mal deu sinal de ter avistado o seleiro. Só tinha olhos para Ana e, depois, quando esta abriu a trouxinha, para o que se mexia ali dentro.

— Sara — disse Ana Rita, ainda adepta do laconismo.

Ele fitou a trouxa mais um tempo. Então depôs no chão a tarrafa e o cesto, onde se divisava uns saltitantes perfis prateados. Ainda não sorriu. Parecia mais pasmo, embasbacado. Enxugou as mãos na fralda da camisa e estendeu-as, um pouco sem jeito.

— Posso?

Ana passou um bom minuto imóvel antes de desembrulhar a trouxa, tirar de lá o pedacinho de gente que resolvera chamar Sara e estendê-lo.

Pedro segurou a coisinha com muito cuidado, como se fosse o mais fino vidro, uma casca de ovo, algo frágil, tênue. Ficou um bom tempo ali, como uma estátua. Então deu um jeito de pousar a cabeça da filha sobre a palma da mão direita, os pés incertos escarranchados no antebraço. Com um gesto rápido da mão esquerda desvencilhou-se do chapéu, que foi cair dentro do cesto. Logo, como se alguém o advertisse que aquele arranjo continha algum risco, voltou a usar as duas mãos. Mais valia prevenir. Ergueu os olhos para mãe, retornou-os para a filha, ficou ali, petrificado, mudo, estupefato.

Por um tempo que ninguém contou ficaram todos parados. Uma cena de presépio: a mãe, o pai, a filha nova, o seleiro, as montarias, até a cadela, imóveis. Só o rio teimava em correr, e os peixes em saltitar dentro do cesto.

Quem primeiro se mexeu foi Sara, um sutil movimento de cabeça como se olhasse para o pai, talvez o primeiro gesto digno desse nome em sua breve existência.

Por fim, Ana Rita quebrou a contemplação embevecida com um esboço de aceno:

— O sol...

A tarde já começava a quebrar, mas ainda assim convinha proteger Sara dos raios inclementes do sol sertanejo. Entraram na casa.

Lucas do Brabo sentiu que não haveria outro jeito e tomou a iniciativa. Apresentou a si e aos companheiros de aventura. Fez um breve relato de suas peripécias. Concluiu com o pedido de ajuda de Barata.

— Comida? Tenho paçoca de peixe seco. Tenho os peixes frescos que acabei de pegar com a tarrafa. Tenho essa criaçãozinha miúda...

Combinaram que não seria preciso tanto. O seleiro levaria um farnel até o doutor e o menino Messias, depois os três voltariam ao Cabeça d'Anta. Ana Rita, Sara e Pedro — a família recém-nascida — esperariam no sítio. Depois decidiriam. Lucas do Brabo, com os mantimentos num alforje, já ia saltando no lombo de seu cavalo quando Pedro interrompeu-o com um gesto, foi ao curral nos fundos da casa e voltou trazendo pelo cabresto a potranca zaina e, na outra mão, os arreios. Não disse nada, nem era preciso; era uma extraordinária oferta de amizade, além de um tributo ao bom-senso, já que a jovem égua, descansada, faria o trajeto mais rápido. O seleiro agradeceu também em silêncio, só com um abraço, de quebra osso, arreou a nova cavalgadura, prendeu o farnel no arnês, saltou para a sela, fez um aceno de chapéu para Ana Rita e partiu, com os devidos cuidados com a poldra que até então apenas Pedro montara.

Capítulo 21

Onde os presos do chão se armam de teimosa astúcia e o senhor do Jucá discute com a pinga

Enquanto isso, longe dali, nos ermos da Borborema, Pé Direito e Pé Canhoto cumpriam, desde a véspera, sem parar, a missão que Pio Pais Velho lhes confiara. Iam juntos, atados um ao outro pelo nome, o ofício, o costume. Nem em sonho cogitariam outra coisa. Não eram mateiros, só carregadores, mas faziam o que podiam.

No exato instante em que, na beira do Pajeú, Sara moveu a cabeça e olhou para o pai, no seu primeiro gesto digno de tal nome, nos altos da Borborema Pé Canhoto advertiu seu parceiro com um gesto mudo. Mais adiante, dois cavalos e um jumento, na peia, pastavam o capim ralo de uma pequena baixada. Os dois Pés, mal respirando, buscaram com os olhos os donos das montarias. Logo adiante divisaram, sentados à sombra de um pé-de-algoroba, um velho extravagante, de longa cabeleira branca, e um bizarro menino escuro de cabelos arruivados. Menina não viram. Mas aqueles dois bem podiam ser os forasteiros da praia de quem falara o senhor do Jucá.

Os Pés se combinaram mais por gestos que por murmúrios. Cada um muniu-se de uma corda de caroá e foram se achegando, com silêncios de onça parda que arma o salto. Na hora azada, zás!, cada Pé se lançou sobre a sua preza e passou-lhe a corda no pescoço. Em segundos os dois forasteiros estavam firmemente amarrados à algorobeira.

Os dois atacantes não mostraram os mesmos dotes de eficiência na hora do interrogatório. Indagaram sobre a menina, mas só conseguiam respostas desdenhosas.

Após muitos esforços malogrados, os Pés sentaram numa pedra para conferenciar sobre o impasse. Se usassem a força, corriam o risco de arruinar as testemunhas que eram tudo que tinham. Se fossem à sede do Jucá prestar contas, os prisioneiros com certeza escapariam. E se um fosse ao Jucá e o outro montasse guarda? Isso sequer lhes passou pela cabeça.

Por fim escolheram uma alternativa. Voltaram à algarobeira. Sacaram das bainhas dois facões de mato de dimensões avantajadas e gumes com certeza afiadíssimos. Porém, quando os cativos já sentiam o aço a fazer rolar suas cabeças, os Pés, surpreendentemente, usaram os facões para cavar, no chão, duas fossas, a cerca de três braças uma da outra, que foram ficando mais e mais fundas conforme a tarde avançava. Estariam cavando previamente as covas do velho e do menino? Pelo formato das escavações, dificilmente. Quem decifrou o enigma foi a cabeça aberta do espeta-caju Moisés: "Eles vão nos enterrar em pé".

Barata deu razão ao menino. Parecia mesmo. E seria uma morte dez vezes pior que a degola. Como escapar? Um velho e um menino, ainda por cima com a corda no pescoço, nem em sonhos seriam páreo para aqueles latagões.

De repente, bem no meio da cavação, o ancião deu para contar estórias. Contou uma, contou outra... Os captores se entreolharam, intrigados. Mas as estórias se sucederam, tinham seu atrativo, e logo foram ganhando um crescendo de temas sinistros. As tragédias da Antiguidade grega forneceram pratos cheios. Quando chegou em Frankenstein, o narrador excedeu-se em detalhes médicos escabrosos sobre o gigante monstruoso de Ingolstadt, feito com pedaços de cadáveres. Porém o horror mais medonho chegou com o *Macbeth* de Shakespeare. Barata usou um tom de voz cavernoso para a tragédia do rei escocês. Começou pela descrição, apavorante a mais não poder, das três feiticeiras ao redor da fogueira, dos raios e trovões da primeira cena. Mas atingiu o ápice ao retratar Lady Macbeth, a pérfida rainha que perambulava insone pelas noites, tentando embalde limpar das mãos o sangue que denunciava seu crime. Pintou uma cena de nunca desgrudar da retina de quem tivesse cometido uma malvadeza.

Passado seu assombro inicial, Moisés acudiu em auxílio ao amo. Pôs-se a assoviar uma melodia para cada narrativa pavorosa: um som baixo, mavioso, melancólico, sinistro como ele só. Um assovio de arrepiar.

A noite caía quando os Pés deram as fossas por concluídas. Os cativos foram empurrados para cada uma delas, postos de joelhos e cobertos de terra até a altura dos mamilos. Imóveis no lusco-fusco crepuscular, pareciam dois estranhos cactos humanos, com floração branca em um e alaranjada no outro.

As vítimas estavam sujeitadas, mas os captores não se foram. Um pouco apavorados, outro tanto curiosos, continuaram ali, ouvindo as narrativas macabras do médico baiano, que sabia jogar a vida em sua eloquência soturna, e no não menos funéreo assovio do pequeno escriba.

Por fim, já noite fechada, os Pés se renderam. A tinhosa Lady Macbeth os vencera, com suas mãos em sangue clamando contra o assassinato impune do rei escocês. Bastava. Compactaram com os apressados pés descalços a terra em volta dos torsos dos cativos e... pernas para que te quero. Sumiram na escuridão.

Meia légua adiante, Pé Esquerdo estancou: "E os cavalos?" Era. Mas os cavalos já estavam longe, não desenterrariam ninguém, e Lady Macbeth espreitava. Retomaram a carreira e só pararam nos fundos da casa do Jucá, no rude achego de seus catres, ainda assim de lamparina acesa.

• • •

No minuto seguinte à fuga dos Pés, Messias deu início ao esforço para evadir-se. Só podia ser ele. Doutor Cipriano Barata, com todo o apreço que sua figura merecia, não tinha idade para aquilo. A empreitada reclamava músculos, nervos e ossos jovens, maleáveis, elásticos, afora uma inesgotável teimosia.

Esta última era talvez o único atributo que Barata tinha de sobra. Messias, porém, não ficava muito atrás. Já chegara à Rua Grande bastante perrengue, birrento e tinhoso. Mas essas... virtudes, se assim podem ser chamadas, tinham encontrado em Barata um mestre magistral, interessado, infatigável. Obstinação era um remédio que nunca faltava na botica da Rua Grande do Natal.

Assim, o velho teimoso foi instruindo e estimulando o aprendiz, iniciante, mas promissor, em sua teimosa faina libertadora. Mãos à obra.

"Não é uma questão de força. Esquece a força. Pela força, não temos escapatória, morreremos amanhã mesmo, de insolação aguda, ou, bem pior, supliciados nas mãos dos asseclas do Barba Azul do Jucá. Só temos esta noite.

"Usa a paciência, a persistência. Persistência sem limites, como eu fiz com o *Sentinela da Liberdade*, por tantos anos, em tantas masmorras coloniais, imperiais e regenciais, enquanto pude.

"Ergue o ombro esquerdo, o quanto der. Será quase nada, não faz mal. Agora, o direito. Repete a sequência, dez vezes, cem, mil, mil e cem vezes. Isto não é uma hipérbole, é uma meta, podes ir contando: em uma hora ou pouco mais ultrapassas o milhar. A cada movimento, uns tantos grãos de terra tombarão, outros recuarão, comprimidos. Não serão muitos, antes poucos, pouquíssimos, mas mil pouquíssimos já somarão alguma coisa. Ademais, se não me engano, cada dar de ombros será um infinitésimo mais livre que seu antecessor. Do primeiro ao centésimo, ou ducentésimo, já notarás talvez a diferença. Irás nos libertando por acúmulo.

"Vencido o primeiro milheiro dos ombros, tenta flexionar o cotovelo para trás. Escolhe com esmero qual cotovelo, procura detectar, ou intuir, qual te dará menos trabalho. E repete, uma, cem, mil vezes. Depois, mais ombros. E mais cotovelo. Caso te entedies, podes tentar também os joelhos, os dois juntos, para cima. Não estou certo se funciona, mas não custa experimentar. Assim se avança na ciência. Há quem a compare a um farol. Qual nada! Parece mais um jogo de meninos, a cabra cega. O progresso chega de tentativa em tentativa e de erro em erro, apalpando as trevas."

Um tênue rubor no oriente e três ou quatro cantos de galos longínquos anunciavam a alvorada quando o menino, antes tarde do que nunca, libertou seu primeiro, heroico e dolorido braço. O resto, em comparação, foi galinha-morta, custou umas unhas em sangue, não mais. O sol ainda não despontara quando o menino e o velho terminaram de sacudir a terra das roupas, esfomeados, sedentos, uns trapos, mas livres.

Os Pés, pedestres por natureza, acossados por Lady Macbeth e pela escuridão, tinham esquecido das montarias quando debandaram. Lá estavam os três animais, peados e dóceis, mastigando seu magro capim.

O velho opinou que ele e o menino deviam se dividir: "A união faz a força, mas toda regra tem exceção", sentenciou. Combinaram que cada um, com sua montaria, iria para uma encosta de morro, coisa de um quarto de légua distantes da algorobeira, mas com vista para ela, de modo a vigiar a chegada dos reforços do Pajeú. Em caso de ataque, cada qual escolheria seu rumo e tentaria chegar a Flores.

• • •

Na cidadela do Jucá, depois do desjejum de tapioca com leite, Pé Direito e Pé Canhoto esperaram erguidos no alpendre que o seu senhor despertasse. Cabisbaixos, encabulados, pressentiam que o relato da busca nada lhes traria de bom.

A suspeita se agravou quando escutaram o toque de cincerro que vinha do quarto do amo. Para eles, soou diferente, mais demorado, mais alto, estridente, como que esganiçado. Entreolharam-se, cada olhar um pedido de socorro, antes de fazerem o sinal e cruz e acudirem ao chamado.

Pio Pais Velho estava de fato intratável. Sofria as consequências de alguns serões fartamente regados pela boa "cachaça de cabeça" da *ancoreta* na varanda, sempre reabastecida sem tardança por um serviçal. Na última noite, acordara de repente com uma dor estranha nas tripas, tivera que rastejar como um réptil até a porta, para pelo menos se esquivar da vergonha suprema de vomitar no próprio quarto. Quem aguentaria depois o fedor?

Os Pés atravessaram a poça na soleira do quarto que soltava uma catinga azeda, penetrante. Ergueram o amo da cama e o conduziram à cozinha, onde a mesa fora posta para um copioso desjejum: ovos fritos com queijo de coalho, tapiocas regadas com manteiga da terra, carne seca na nata, cuscuz de milho, rapadura, até café, beberagem quase negra do Oriente, trazida como regalo por um mascate de passagem. Bem mais atraente, quase irresistível, era a *ancoreta* de aguardente que agora frequentava até a mesa do desjejum, como uma tentação.

O senhor do Jucá dispensou os Pés. Comeu em silêncio e sem prazer. Chamou a dupla de volta, com o mesmo cincerro fora do tom. Fez que o conduzissem até a rede da varanda e só então aceitou ouvir o relatório. Mandou a parelha em busca dos cativos, já intuindo que daria com os burros n'água. Mas, quando trouxeram a já esperada má notícia, não explodiu em impropérios e castigos, como seria de esperar. Nem respondeu. Trancou-se num mutismo soturno, dispensou os carregadores. Buscou abrigo junto à *ancoreta*.

• • •

Depois da mordida de Maracaboia e da nova queda, que lhe custara outro cavalo, Pio Pais Velho dera para cismar. No princípio, matutava quase que escondido de si próprio, pelo muito que lhe doeria o que começara a remoer. Mas naquele fim de manhã, ao se esticar na rede sorvendo a pinga amarelada do copinho de chifre, resolveu que a hora da confissão já tardava. Ele nada ganharia com novos rodeios.

Bem apuradas as contas, quantas mulheres em idade de parir ele derrubara em sua cama, penetrara com seu membro e instilara com seu sêmen? Uma dúzia? Bem mais. Duas? Quem sabe mais ainda. Três dúzias? Perto disso. Quantas fornicações? Incontáveis.

Contudo, nenhuma emprenhara, fosse de filho varão ou mesmo filha fêmea. Só havia uma explicação possível. Já passava da hora de enfrentar os fatos. O problema estava nele. O problema era dele. Era ele. O estéril, o maninho, o infecundo, o inútil, era ele, o último descendente da longa dinastia dos Pio Pais Velho daquelas serras.

Não havia escapatória. Buscar o subterfúgio de um sobrinho parecia-lhe tão repugnante como trapacear no jogo. Emprestar o seu nome ao herdeiro impostor, outra sórdida baixeza. Não. Quando ele se fosse, desencarnasse, como só não ocorrera no outro dia por lhe faltarem as pernas, nenhum outro Pio Pais Velho assumiria o seu posto. Ele era um fim de raça.

O patriarca maninho do Jucá sentiu que pesavam nos seus ombros todos os anos de sua existência e talvez os dos incontáveis Pios Pais Velho que tinham vindo antes. Fim de raça. Levou o chifre de volta aos lábios, mas, relutante, olhou, cheirou e jogou fora o conteúdo. Não queria vomitar de novo. Passado um tempo, encheu o chifrinho de novo. Que se danasse a catinga.

Não haveria penitência ou remissão possível para a sua solitária confissão. Teria que viver com ela. Uma espécie de alívio doído percorreu-o como um calafrio. O que não tinha remédio, remediado estava. Levou a pinga aos lábios. Depois alcançou a sineta esganiçada com a mão, chamou os Pés. Nada. Repetiu o chamado, algo inaudito. E nada. Bebeu mais um trago, pensando como faria para passar pela poça.

• • •

Muitas léguas a oeste, há um ponto onde a Chapada do Araripe investe para o sul, Pernambuco adentro. O espigão era o contrário da vertente cearense do Araripe, populosa, catequizada e pastoril, com sua próspera Vila Real do Crato. Nele ficava, conforme relata a incrível lenda, a encosta que o cangaceiro João Calangro subira com as alpercatas calçadas ao revés para despistar seus perseguidores. Era um ermo, terra de bugres bravos, de jaguaretês — e do soldadinho-do-araripe, pássaro pequenino de canto afinado, branco com enfeites negros e penacho de um encarnado vibrante, que nunca existiu no mundo exceto naquele tabuleiro.

Na beira da escarpa, perigando cair, Aceiro sacudiu as claras crinas. Não farejava contratempos. Era um lugar agreste, áspero mesmo, mas de uma aspereza não tão espinhosa quanto os altos da Borborema. Ficaria. Ficariam. No rastro do garanhão baio, havia agora uma pequena tropilha: alguns dos cavalos dos Barachos que Lucas do Brabo palmeara, mas também outros que se dispunham a confiar naquele chefe.

Talvez confiassem demais. O baio seria quando muito um aprendiz de chefe. Ignorante das ladinices dos que nascem soltos, apanhara um bocado. Ainda apanhava. Faria o que pudesse. Rinchou baixinho. Conferiu outra vez os cheiros do ar. Sim, ficariam.

Capítulo 22

Onde o Pajeú acolhe uma família que nasce, um menino bom e uma menina de cabelo na venta

Quando caía a tarde o velho Barata e o menino Moisés avistaram, dos seus cabeços de morro, a eguinha zaina que se achegava à árvore da combinação. Então desceram. Saudaram Lucas e logo mais estavam sentados à sombra, contando as novidades que abundavam, enquanto se fartavam com a água fresca e os mantimentos do farnel.

Deram a preferência aos peixes frescos, temperados só com sal e moqueados numa fogueirinha: um curimatã graúdo e um punhado de piabas, coisa danada de boa. Desde a fazenda do velho lázaro não sabiam o que era comida fresca.

Arrancharam por ali mesmo para o pernoite, a algaroba frondosa já era quase uma casa. Penduraram a rede de viagem para o velho, o seleiro e o menino se ajeitaram no chão mesmo. Debateram a conveniência de fazer turno de vigia, mas a canseira era demais e Barata opinou que Édipo Rei, Frankenstein e o casal Macbeth bastariam como sentinelas. Sentinelas, que belo nome e que nobre labor! Ainda assim dormiram, como se diz, com um olho aberto. Quando o último galo cantou já estavam montados, descendo as ladeiras que vão dar no Pajeú.

• • •

No sítio da beira do rio depararam com uma família de verdade: Ana Rita, Sara e Pedro, os Nunes Teles. Familiazinha nova, verde, tenra, ainda sem bênção de padre e aprendendo a familiarizar, mas levando aquilo tudo muito a sério. A casa de barro batido já mostrava outro aspecto, mil e um sinais dos pequenos cuidados que um par de mãos femininas acrescenta.

Pedro ainda andava meio pasmo, maravilhado com a reviravolta que de repente tombara sobre sua vida como um raio em céu azul. Extasiava-se com Ana Rita e mais ainda com Sara. Deleitava-se com o espetáculo da amamentação, uma cerimônia, um ritual, com raízes datando da noite dos tempos.

Só aos poucos foi se desatordoando e contando aos trancos alguma coisa sobre sua vidinha de sitiante ribeirinho. Da família velha, só restara ele no Cabeça d'Anta. A cólera-morbo levara os pais numa enxurrada de diarreias e vômitos, já fazia anos. Duas irmãs mais velhas casaram e mudaram. Quatro irmãos sentaram praça, à força, foram arrastados para a guerra maranhense contra os *Balaios*, também chamados *Bem-te-vis*, rebeldes das matas e babaçuais do Maranhão. Pedro mesmo, o caçula, escapara do recrutamento por pura sorte: quando os soldados vieram estava na serra, caçando sua poldra que fugira.

Resolvera ir tocando o sítio enquanto esperava os irmãos. Era um lugar bom, dava de tudo, principalmente peixes, quando o Pajeú não "cortava" na seca: tucunaré, piau, piaba, curimatã, tambaqui, canivete, mandi, uma fartura. O Natal... o Natal fora uma aventura, a festa do cavalo, dera na telha, de repente, pedira aos vizinhos para cuidar da criação, selara a eguinha zaina e ganhara a estrada, escapulira. Agora via... agora via que fizera a coisa mais certa. Dizia e baixava os olhos para sua familiazinha nova.

Um menino bom, pensou Barata com seus botões. O velho só não sabia se o sitiante do Cabeça d'Anta daria conta da menina danada com quem estava casando. Ana Rita era um azougue.

Cipriano Barata proclamava ser um adepto da emancipação e da igualdade de direitos das mulheres. Jovenzinho, estudante em Coimbra, deixara-se seduzir por um folheto em versos, irônico, zombeteiro, *Bondade das mulheres vindicada e malícia dos homens manifesta*, assinado por uma certa Paula da Graça — uma freira, quem diria. Adiante, na primeira fornada do *Sentinela*, a de 1823, publicara, com gosto, o manifesto em louvor da Independência assinado por uma centena de paraibanas da Vila Real do Brejo da Areia: "Nós, metade da sociedade humana, desejamos reassumir direitos que nos foram usurpados e quebrar os vergonhosos ferros da vil escravidão em que jazíamos. Por direito, entramos na partilha e glória do Brasil". Chamara suas autoras de "heroínas do Brejo da Areia, conhecendo seus inalienáveis direitos e resolutas ao defender a liberdade". Ainda ao embarcar para o Natal, trouxera na bagagem o livro *Direitos das mulheres e injustiças dos homens*, escrito por uma moça até potiguar, Nísia Floresta. Ainda não o lera, por lhe faltarem óculos, porém o título prometia.

Assim, era com desvelo de avô, mas também com interesse de filósofo, que o velho observava a fugitiva dos Barachos. Um azougue. Uma espoleta. Um esboço de mulher de cabelo na venta. Será que o moço da poldra zaina aguentaria?

Capítulo 23

Onde Barata afronta seus visitantes, por fim acha óculos, maravilha-se com o verde da vida e morre

Combinaram que Ana Rita e Sara ficariam ali mesmo, no sítio do Pajeú, com Pedro. Não havia por que cutucar a onça, a ira insana do senhor do Genipabu, com sua ninhada de varões e sua coleção de açoites. O velho, o menino e o seleiro, estes voltariam ao Natal. Missão cumprida. Missão comprida!

Também por precaução, deixariam no Cabeça d'Anta as montarias arrebatadas aos Barachos, iriam em outros animais, cedidos pelo sítio. Cautela e caldo de galinha nunca fizeram mal a ninguém. Seria só o que faltava: regressarem ao Natal, após tamanha epopeia, para darem com os quartos na cadeia da Câmara como ladrões de cavalos. Carregaram o jumento com provisão de paçoca de peixe salgado que desse e sobrasse para todo o trajeto. Lucas do Brabo levou, de presente, a célebre potranca zaina das cavalhadas. Era um gesto: Pedro ficara sabendo do cavalinho ruço esquipador mordido de cobra nos altos da Borborema.

O mesmo bom-senso orientou o itinerário da volta. Disseram adeus às serras, pedras e caatingas. Preferiram costear o Pajeú até o povoado de Floresta e dali, até o mar, pela movimentada Estrada do Sertão, sulcada pelas rodas e musicada pelos chiados de inumeráveis carros de boi.

No Recife, Barata impôs uma escala. Queria porque queria ver se arranjava óculos. Visitou antigas amizades, mandou o menino correr boticas. Embalde. Os que achou não lhes serviram. Ou o dono não cedia. Havia um solitário "oculista mecânico" estabelecido na cidade há dois anos, Joseph Herschel, um judeu alemão, mas estava fora, no Sul, em viagem de negócios, não voltaria tão cedo. Deixara um aprendiz que até fez os testes com a caixa de provas, aviou uma receita, mas não tinha lentes...

Por fim o velho rendeu-se. Cansara. Queria voltar para casa. Apalavrou sua encomenda com um jovem amigo do peito, Antônio Borges da Fonseca, filho de paraibano com índia, advogado notável e mais notável jornalista, apelidado *O Repúblico* devido ao nome do jornal que fundara na Corte. Borges da Fonseca lhe enviaria seu ansiado par de óculos assim que houvesse um disponível. Seguiram viagem.

Foram por terra. Teria sido mais fácil vender as montarias e embarcar num navio, mas a prudência outra vez falou mais alto. Aportar no Natal seria expor às claras o que, tecnicamente, bem poderia ser tomado como uma violação do contrato não escrito de desterro do velho. Por terra eram 44 léguas contadas, ele já fizera bem mais e pelo sertão bravio, não morreria daquilo.

Na noite do quinto dia apearam à porta da casa da Rua Grande do Natal. Dona Joaquina, escolada, nem se excedeu em assombros, foi logo assoprar o fogo da cozinha para esquentar o pirão de caranguejo.

Lucas do Brabo não esperou pela iguaria. Assim que pôde, montou de novo na zaina e disparou para o Refoles. Carecia de saber de Inácia, do parto, sempre um perigo, do filho, seu primeiro filho. Ou filha? O seleiro aprendera um bocado naquela aventura sertaneja por encomenda do doutor Barata. Desde a primeira pegada de sapato miúdo nas ruínas do Genipabu. Desde o primeiro cheiro de leite na greta entre as rochas da Pedra Bonita. Aquela menina... danada! Mudara de uma vez por todas o modo dele enxergar o mundo das fêmeas.

• • •

O velho caiu de cama. Passado o arrebatamento da aventura, do enigma e do perigo, as mazelas da idade cobravam seu tributo. A rijeza que resistira a tantas masmorras e decepções por fim começou a fraquejar. A custo ele dava conta de capengar do leito para a rede, com dona Joaquina vigiando de perto.

Agora era o menino que descia ao atracadouro da Ribeira para o ritual da caça aos óculos. Ao menos aquela esperança ganhara algum viço: havia o Herschel, havia o Borges da Fonseca; por certo o resgatariam do suplício da névoa.

Certo dia Moisés voltou de sua incursão pelo cais contando que os Barachos estavam de volta. Tinham tornado ao Genipabu a pé, estropiados, sem sequer a coleção de chicotes. Por ironia, foram os pancararu, os do toré, que lhes deram abrigo a princípio. Depois, improvisaram um teto de sapê numa ala da casa grande em ruínas, mudaram de volta para lá. Mais tarde apareceram parentes trazendo uma cavalhada, havia planos de retomar a criação, dizia-se.

• • •

Passados uns dias, depois do almoço, com um sol de rachar mamona calcinando a cidade, bateram palmas à porta da casa de duas águas na Rua Grande. Dona Joaquina foi ver quem era. Moisés espreitou um instante por trás da porta e escapou para advertir o velho.

Era uma comitiva. À frente, em rígida hierarquia, dois pancararus carregavam nos ombros uma vara onde se estendia a rede transportando o coronel Inácio Baracho. Os índios, jovens, porém mirrados, sofriam em resignado silêncio todo o calor e o peso. O que vinha na frente chamava-se Lázaro Toré e estivera naquela mesma casa semanas atrás, para contar ao doutor Barata o que sabia sobre a matança na fazenda. Um observador arguto perceberia talvez algum constrangimento no senhor do Genipabu — por não estar a cavalo. Porém bem montado num alazão reluzente vinha o seu primogênito, Samuel, o dos colares de orelhas de cabanos. A seguir, cavalgando um tordilho, o capitão João Raposo Carrilho não dava paz ao seu indefectível rebenquinho, batucando no cano da bota, e retorcia o bigodinho lápis. Fechando o cortejo, a pé, pois morava a dois passos dali, o vigário Bartolomeu Fagundes entrecruzava as mãos num gesto ansioso, como quando perdia no xadrez.

Dona Joaquina ensaiava uma desculpa quando Barata se arrastou pela porta afora até a rede da varanda, enquanto com um gesto vago convidava os visitantes a se acomodarem. O vigário, Raposo e Samuel sentaram-se em bancos. O coronel permaneceu em sua rede, sustentado pelos estoicos indígenas. Moisés esgueirou-se até um canto. O velho do *Sentinela*, recostado na rede, pôs-se a batucar também, com a bengala no chão de terra, sua muda desaprovação ao cacoete do rebenque.

Lá fora o tempo mudara. O calor continuava, até pior, porém com uma carga nervosa, que ninguém via, mas qualquer um sentia. Das bandas da barra do Potengi, nuvens tempestuosas acorriam não se sabia de onde.

Não houve preâmbulo. O capitão Raposo, talvez espicaçado pela linguagem muda da bengala, por uma vez na vida conteve as rebencadas, flexionou levemente seu delgado instrumento de suplício entre as mãos, acomodou-o no colo e assumiu a iniciativa:

— Doutor Cipriano Barata, a família dos Baracho, aqui representada pelo coronel Inácio e por seu primogênito Samuel, gostaria por gentileza de ter notícias do acontecido em suas terras do Genipabu.

— Um crime.

— Crime?

— Para ser mais preciso, um crime e dois milagres.

— Milagres?

— O crime, devo dizê-lo sem tergiversações, foi o que este chefe de família — apontou o coronel com um indicador deformado pela artrite — e os seus seis filhos homens cometeram naquela noite. Tantos belos cavalos. Tantos animais inocentes, massacrados num assomo assassino. O vigário Bartolomeu aqui presente há de informar-vos, senhores, que a ira é um dos sete Pecados Capitais, que a Santa Madre Igreja atribui a Azazel, um dos sete príncipes do Inferno. Quanto aos milagres, o primeiro foi a salvação do garanhão baio, Aceiro, condenado a uma morte horrível mas que divisei livre e atrevido numa crista da Borborema. Já o segundo prodígio, ainda mais belo, foi a fuga de Ana Rita. O que teríeis feito — passeou o olhar pelos dois Barachos — se a menina não escapasse por entre vossos dedos ensanguentados?

— Onde está ela? — interrompeu Samuel Baracho.

— Se eu soubesse nunca te diria.

— É a minha filha — objetou o coronel.

— É a tua filha e é também a tua neta, Sara, que igualmente te escapou. Assim como houve um neto, morto no parto, que autopsiei nesta casa e cujo corpinho mandei entregar ao padre Bartolomeu para que lhe desse sepultura — fez um gesto na direção do vigário, o qual encolheu mais um pouco o corpanzil, lívido e mudo.

Enquanto o dono da casa falava, o patriarca dos Barachos levantou-se de sua rede, lenta, penosamente. Também para ele as últimas semanas tinham sido ingratas. Devia ser duas décadas mais jovem que Barata, porém aparentava mais. Um tremor convulsivo sacudia sua mão direita. A voz também tardou, travada, talvez pela doença, talvez pela fúria. Ergueu o braço esquerdo, em meio gesto que, este, não tremia, intimidante. Por um instante pareceu que iria tomar de empréstimo o rebenque do capitão Raposo.

Barata pôs-se também de pé, com uma presteza que não condizia com o ancião trôpego de alguns minutos antes. Baixo, franzino, pesaria, quando muito, a metade de seu contendor. A longa cabeleira branca estava em completo desalinho. Como se não bastasse, vestia um roupão nada vistoso, antes desbotado e puído. Apenas o olhar e a voz detiveram o braço esquerdo de Inácio Baracho.

— Que pensas fazer? Bater-me? Prender-me? Matar-me? Na minha casa? Tal como, quem sabe, pensavas fazer com Ana Rita Baracho? Como, talvez, ainda pensas? — Os olhos enfezados e negríssimos furavam como um par de verrumas. — Não sabes que conto setenta e cinco anos de vida e doze deles de cárcere? Que a morte já bate à minha porta, com sua alva mortalha, sua foice afiada, seu riso de escárnio na caveira... E que de certa forma é bem-vinda? Qual proveito te viria de mais um crime?

Na rua, o temporal anunciado derrubou suas primeiras gotas, grandes como jabuticabas. Em seguida, foi como se o dilúvio universal se abatesse sobre a terra seca. A Cidade do Sol nunca vira chuva assim.

— Doutor Barata... — o capitão Raposo levantou também. Mas alisava o bigodinho, com o rebenque sossegado debaixo do braço, a linguagem muda de quem busca uma contemporização.

— Pois devo dizer-te — as verrumas negras não desgrudavam do coronel Baracho, a voz, não menos penetrante, vencia o tamborilar do aguaceiro nas telhas da varanda — que tens uma filha admirável, bela, sensível, valente, capaz de prodígios como os que investiguei e assisti. Esplêndida. Reta e pontuda como uma agulha de fino aço, como as melhores espadas de Toledo, mas com um coração que bate e sente. Para mim, vós todos, Inácio Baracho, Samuel Baracho e os outros cinco de cambulha, não valeis a unha do dedo mindinho de Ana Rita Baracho. Só me surpreendo por não enxergar onde ela foi achar tamanhas virtudes naquele antro do Genipabu. É uma gema preciosa do mais fino lavor. Mais até. Talvez um diamante, desses que a natureza fabrica sob as mais extremas cargas de temperatura e pressão, o que quem sabe explicaria o milagre.

— Doutor Barata...

— Sei — o doutor não se deixava interromper, sempre voltado para o coronel — que tu com teus filhos retornaste de uma viagem ao sertão. Também eu fiz a minha, ainda mais longa, por sinal, até duas pedras erguidas numa grimpa onde assisti uma cena do inferno de Dante. Um beato enlouquecido exigia sangue inocente para lavar a rocha. E uma chusma de sertanejos crédulos oferecia seus filhinhos para o sacrifício, na ilusão de que assim desencantariam o rei Sebastião. Vejo um parentesco entre a demência daquele beato de punhal em riste e a tua, coronel Baracho. Tu, talvez, ainda não derramaste sangue humano; mas, se bem entendi, não é outro o intuito da visita que me fazes...

— Doutor Barata! — dessa vez o capitão parecia decidido a ir em frente — Doutor Barata, senhores, reverendo, talvez este encontro não tenha sido uma ideia feliz.

— Isto mesmo, com certeza não — o vigário por fim encontrou a deixa para abrir a boca pela primeira vez. — Decerto, nada feliz.

Os dois Barachos permaneceram calados. A cólera transbordava de todos os seus poros, mas era uma raiva impotente, o que a tornava ainda mais furibunda. O coronel deixou-se cair na rede. Samuel fez um pequeno aceno de cabeça, os pancararus puseram-se em marcha, o guerreiro do colar de orelhas apressou-se atrás da rede, Raposo e o vigário os seguiram logo após balbuciar sumárias despedidas. Singraram a Rua Grande empapados pelo temporal. A ideia fora definitivamente infeliz.

Minutos depois, não mais que de repente, parou de chover. O sol retiniu. A areia da rua secou em dois tempos. Messias desceu para o atracadouro, outra vez atrás dos ansiados óculos, já com raios homicidas a lhe torrarem os miolos sob o cabelo espetado.

• • •

Os óculos, quem havia de dizer, afinal chegaram. Não foi na tarde da comitiva dos Barachos, mas na semana seguinte. E não foi no atracadouro, vieram trazidos a pé mesmo, por um *próprio* que deixara o Recife na antevéspera. Um papel anexo, rabiscado às pressas por Borges da Fonseca, dava conta de que andavam escassas as naves com escala no Natal, portanto ele fizera os cálculos e optara por aquele recurso extremo: "Para grandes males, grandes remédios!"

O destinatário do prodigioso par de vidros recebeu o mensageiro recifense na cama, ladeado por dona Joaquina e Messias. Sua saúde piorara verticalmente após o confronto com os Barachos. Se nunca tivera muitas carnes, agora reduzira-se a um quase esqueleto.

Brigou um pouco com o cordel que fechava o saquinho de couro macio, deu-se por vencido, passou-o com um pedido mudo para dona Joaquina. Esta, jeitosa, num instante desatou o cordão. Umedeceu as lentes com o hálito, secou-as com um imaculado lenço de cambraia e acomodou-as delicadamente no nariz de seu parceiro de uma vida inteira.

Os olhos de Cipriano Barata continuaram cerrados por um momento. Talvez antegozassem o milagre. Ou, quiçá, temessem mais uma decepção, depois de tantas. Abriram-se muito devagar, piscaram. O velho olhou, moveu a cabeça, olhou mais. Aí pediu que o levassem até a rede na varanda. Fez o trajeto amparado por Dona Joaquina e Messias.

Lá fora, sim, esbaldou-se. Pintou e bordou. Espiou até dizer chega. Uma folia.

Da rede, com os benditos óculos, novíssimos, sem o mais ínfimo arranhão, ele afinal enxergava de novo. Avistava, com uma fartura de detalhes há muito esquecida, um cajueiro, um pé de umbu, a copa de uma jaqueira no quintal do vizinho, as folhas, as frutas, o colorido ir e vir de gentes e bichos pela rua areenta.

Sabe-se lá o porquê, seus miolos ultimamente também iam e vinham, insistentes como os passantes da Rua Grande, em torno de uns versos do *Fausto* de Goethe, que lera em francês há muitos anos:

"Cinzenta é a teoria, meu amigo,
Mas sempre auriverde a árvore da vida"

Deixou-se ficar vendo aquele vicejante pedaço de mundo. Um portento. A noite caiu. Foi dormir. Na manhã seguinte não acordou.

• • •

Cipriano Barata foi sepultado na soleira da porta da igreja do Bom Jesus das Dores da Ribeira, a mais modesta do Natal. Dona Joaquina, amorosa, cuidou de tudo. Lembrou até de pôr, no bolso do casacão azul do defunto, também os óculos. A lápide dizia apenas: "Cipriano José Barata de Almeida, médico, 1762-1838".

Dona Joaquina sobreviveu ao marido por umas semanas. Nenhum mal específico acometeu-a. Simplesmente finou-se. São assim certos casais: quando um se vai, seu par logo, logo o segue. Ela aturara um parceiro ranzinza, criador de caso, insuportável, por enxergar a generosa alma que a rabugice encobria. Sem Barata, desistiu de viver.

Na tarde que se seguiu ao enterro nas Dores da Ribeira, dona Joaquina chamou Moisés na varanda. Entregou-lhe uma folha de grosso papel vergê, escrito em caligrafia rebuscada. Não disse nada. Só ficou olhando, atenta, enquanto ele lia:

> *"Digo eu, Cipriano José Barata de Almeida, cidadão, médico e jornalista, brasileiro, que, entre os bens livres e desembargados a mim atribuídos como legítimo senhor e proprietário, pode haver um talvez escravo mestiço de nome Moisés, sem registro de pai ou mãe, nascido em torno de 1823. O referido Moisés foi por mim limpamente adquirido ao vencer o vigário Bartolomeu Fagundes no xadrez. Pela presente Carta de Alforria, irrevogável, quero, pois, de minha vontade e sem constrangimento algum, que o dito Moisés goze de hoje para sempre a mais perfeita liberdade, como se de ventre livre houvesse nascido, se é que livre não nasceu."*

O velho fizera lavrar o papel, na certa pelo notário da cidade, pois não enxergava para escrever, menos ainda com aquelas letras de elegantes volutas. E datara-o – estava ali, preto no branco, para quem quisesse ver – de 15 de novembro de 1837, o dia seguinte à procissão dos penitentes.

Ao receber a alforria e evocar a lide dos notários, Moisés lembrou também de um recorte de jornal que achara certa vez na biblioteca de Barata, perdido entre as folhas do *Ensaio sobre os perigos das sepulturas dentro das cidades e nos seus contornos*, de Correia Picanço. Dava conta de que em 1780 a liberta Joana Batista, órfã de pai e mãe, acorrera perante um notário da cidade de Belém do Grão-Pará. Alegara não ter ninguém para cuidar dela, nem nenhum meio para viver em liberdade. Pelo qual acertara com Pedro da Costa vender a si mesma como escrava, pela quantia de oitenta mil réis, como se tivesse nascido de ventre cativo e nunca tivesse sido livre, reservando, entretanto, a liberdade dos filhos que viesse a ter. Parte da venda fora feita em espécie e a outra em panos de chita estampada.

Triste história. Triste moça paraense. Triste país. A Pátria, sempre maiúscula, do intimorato jornalista, teria que seguir sem ele sua sina imperial, escravagista, preconceituosa, buscando aos trancos e barrancos desbravar o seu caminho, apalpando nas trevas como a ciência do velho filósofo. Acorreu ainda ao menino uma passagem das *Confissões de Barata*: "No Brasil somos todos escravos até haver prova em contrário".

Mas ele, Moisés, escapara. "Limpamente" disputado num tabuleiro de couro de bode, conquistara logo no dia seguinte a liberdade. Alguma alma mesquinha poderia talvez contraditar: diria que a Carta de Alforria trazia de fato aquela data, porém ficara meses escondida em algum canto, até a morte do velho.

É. Ninguém é de ferro. Mas não havia óculos. Corria sangue, do Genipabu à Pedra Bonita. A alforria, ainda que lerda, ali estava. "Irrevogável" e "para sempre". "A mais perfeita liberdade, como se de ventre livre houvesse nascido, se é que livre não nasceu".

Velho danado.

Este era Cipriano Barata!

Colofão

Histórias e estórias, estas *Confissões* são invenção, mas não de todo fictícias. Pelejei para não brigar com a verdade histórica, até mesmo aproveitá-la, quando e como pude.

Cipriano Barata, suas eleições, suas muitas prisões, seu fantástico *Sentinela da Liberdade*, seu desterro em Natal, até sua cabeleira branca e o *Manifesto* das feministas paraibanas são fatos. Das páginas do jornal, que achei na Biblioteca Nacional do Rio, tentei copiar o estilo, quem sabe o espírito, adivinhar nas suas entrelinhas o caráter do homem.

Tomei muita coisa de empréstimo da esplêndida *História da cidade do Natal*, de mestre Luís da Câmara Cascudo: o cenário modesto da época, a peripécia republicana de 1817, as cavalhadas, que a rigor eram no Dia de Reis, inclusive a macabra procissão dos penitentes, que realmente acontecia. O Genipabu existe, hoje é um subúrbio de Natal. Busquei respeitar sua geografia, a praia, as dunas, a lagoa. Já a matança é inventada.

Tal como Cascudo, grafei o nome da capital potiguar à moda antiga: "o Natal". Intriga-me a razão de nossas cidades, com as honrosas exceções do Rio de Janeiro e até certo ponto do Recife, irem aos poucos perdendo os artigos definidos que outrora as precediam.

O mendigo louro inspira-se num personagem com quem cruzei na minha adolescência, numa incursão de carona pela Rio-Bahia. Não era louro, mas vivia daquele mesmo soturno expediente.

Maracaboia, "cobra de chocalho", é o nome tupi da cascavel. Tentei descrevê-la como pude, mas ofídios não são o meu forte.

Tampouco sou bom em versos. Os de Barata, como os de Goethe, tomei de seus autores. Os da travessia do São Francisco a cavalo foram cantados numa feira de Araruna, agreste paraibano, no crepúsculo do século 19; narram a saga de um Oliveira Ledo.

Junto com os Oliveira Ledo, Domingos Jorge Velho e seus guerreiros estavam entre os primeiros conquistadores do sertão paraibano. Pio Pais Velho é inventado. Mas o bandeirante paulista morreu sem deixar descendência.

As enigmáticas inscrições entalhadas em rochas do sertão paraibano com efeito existem. Ainda hoje aguardam quem as decifre e explique.

Charles Darwin realmente aportou no Rio em 1832, com o *Beagle*, aos 21 anos de idade. Quanto a suas precoces especulações evolucionistas na época, que passem como licença poética.

Os episódios sebastianistas do Paraíso Terreal e da Pedra Bonita são fatos. O último, mais escabroso, sangrento e célebre, já foi tema de George Gardner, Euclides da Cunha, José Lins do Rego, Ariano Suassuna. Seu relato pelo prefeito de Flores foi copiado do *Diário de Pernambuco*. A polícia atacou os devotos um mês antes da morte do jornalista do *Sentinela*.

Joseph Herschel montou sua ótica no Recife, a primeira do Brasil, em 1835. *O Repúblico*, mais tarde engajado na Revolução Praieira, autor do notável *Manifesto ao mundo* e um dos primeiros presos políticos de Fernando de Noronha, de fato era amigo de Barata.

O resto criei com fins literários, afora mais um ou outro farrapo de realidade, como os colares de orelhas da Cabanagem, o episódio da paraense que vendeu a si mesma como escrava e as passagens da encíclica de Gregório XVI. A façanha da fuga de João Calangro, com as alpercatas ao revés, faz parte da memória oral do cangaço. Torço para que o leitor diga, como os italianos: *"Se non è vero, è ben trovato"* ("Se não é verdadeiro, é bem sacado").

Bernardo Joffily,
Perdizes, São Paulo, século passado,
Praia do Morro das Pedras, Florianópolis, setembro de 2022.

pólen bold 90 gr/m2
tipologia garamond
impresso no outono de 2023